猫弁《ねこべん》と星の王子《ほしのおうじ》

大山淳子
Oyama Junko

講談社

登場人物

百瀬《ももせ》　太郎《たろう》　通称猫弁《ねこべん》

大福《だいふく》　亜子《あこ》　ナイス結婚相談所職員

野呂《のろ》　法男《のりお》　百瀬法律事務所の秘書

仁科《にしな》　七重《ななえ》　百瀬法律事務所の事務員

柳《やなぎ》　まこと　まこと動物病院の美人獣医

赤坂《あかさか》　春美《はるみ》　旧姓・寿《ことぶき》。亜子の後輩で、現在は外交官夫人

梶《かじ》　佑介《ゆうすけ》　喫茶エデンのウエイター

正水《まさみず》　直《なお》　甲府からやってきた受験生

片山《かたやま》　碧人《あおと》　五美の世話をする居候

岡《おか》　克典《かつのり》　百瀬の依頼人

星《ほし》　一心《いっしん》　占星術師

登場動物

テヌー　百瀬と暮らすサビ猫

ゴッホ　百瀬法律事務所応接室にいる茶トラ

五美《ごみ》　ブリティッシュショートヘア

目次

装画　カスヤナガト

挿画　北極まぐ

装幀　next door design

印刷　豊国印刷株式会社

製本　大口製本印刷株式会社

猫弁《ねこべん》と星の王子《ほしのおうじ》

第一章　嘘の糸

新宿《しんじゅく》オフィス街にある喫茶エデンは、昭和に建ったレンガ色のビルの一階にある。いかにも重苦しい外観で、店内には郷愁《きょうしゅう》がぷんぷんと漂っている。チェーン展開する洒落《しゃれ》たカフェが急増する中、席に着けば注文を取りにくる、おしぼりは布製、そんな昭和なシステムに希少《きしょう》価値が生まれるのだろう、客足は絶えない。

東京都受動喫煙防止条例により、都内の飲食店は原則禁煙となったが、この店ははるか昔から禁煙を通してきた。そこだけは時代に先んじていた。煙草《たばこ》がサラリーマンの必須アイテムだった時代も灰皿を置かず、吸いたい客にはお帰り願った。珈琲《コーヒー》の香りを邪魔するものはあってはならぬというオーナーの考えによるものだが、それほどうまい珈琲を提供できているのかしらんと、ウエイターの梶佑介《かじゆうすけ》は首をひねる。

まずくはない。

メニューは平凡で、軽食はオムライスやサンドイッチ、ナポリタン。すべてまずくはない。が、深みもないと梶は思う。

飲み物だって、珈琲、紅茶、オレンジジュースなど定番ばかりで、女性に人気のハーブティーやタピオカドリンクは置いてない。「タピれない」店であることは、存続の危機につながる問題である、と梶は考える。

サラリーマンの救世主・野菜ジュースには妙に力を入れており、季節の野菜を使ったオリジナルレシピで提供し続けている。これを見ても、「オーナーは男のほうを見て商売をしている」と梶は感じる。

「女性の目を意識しないと、生き残りは難しい」これが梶理論である。

チョコレートパフェも、梶的には大問題である。いまだに缶詰ミカンを用いた昭和のスタイルなのである。

寿司屋は卵焼きで職人の腕がわかるという。客が席につくやいなや「玉《ぎょく》」と言ったら、寿司職人は「店を査定に来た」と気を引き締めるそうだ。

喫茶店はチョコレートパフェで店の良し悪しが審議されると梶は考える。

マカロンやラズベリーを飾ったらよほど素敵に見えるのにと歯噛《はが》みしながら、仕上げにミカンをふたつぶ載っけて客へと運ぶ時、言い知れぬ憂鬱《ゆううつ》が梶を襲う。

さて、チョコレートパフェ問題以上に梶の心を乱すのは、ひと組のカップルである。

このようなおっさん系の店でデートを重ね、飯まで食っていく妙なカップルがいるのだ。いつまでたっても他人行儀な口のききかたをやめず、食事代も男が払ったり、女が払ったりで、関係性がつかめない。

男は天衣無縫《てんいむほう》なくせ毛が目立ち、明治時代のような黒ぶちの丸めがねをかけ、細い体に安物のスーツを着て、靴だけは上等。「何様だお前！」と問いただしたくなる見てくれである。

一方の女性は、男よりひとまわりは年下に違いなく、地味《じみ》ながらも「お嫁さん候補ナンバー1」になりそうな、清潔感あふれるひとなのである。

「人は見た目がなんちゃら」と言うではないか。梶は読書家ではないが、客が忘れていった本で、そんなタイトルを見た覚えがある。丸めがね男はなんちゃら的に全然ダメなのである。

ある日、面白いことが起こった。

女が「アイウエオ」と言い捨てて席を立ってしまったのだ。もちろんアイウエオと言ったわけではない。抑揚《よくよう》のない台詞《せりふ》を吐いて、男を置き去りにして出て行ってしまった。男の落胆《らくたん》ぶりは目も当てられず、でもそれは、デートに下駄《げた》を履いてくるという、誰の目にもあきらかな落ち度があった故、同情の余地はなかった。

令和《れいわ》の時代、男が女にしてはいけないことは、百億超ある。いや、一千億あるかも。女から数え切れないくらい「それを言うのはセクハラ」「駄目でしょ、それやっちゃ、信じられない」と叱られ続けた梶は、女の周囲には無数の地雷が埋め込まれていると感じる。男をやっつけるために生まれてきたのかよ、と毒づきたくなるくらい、令和の女性は好戦的なのだ。

　腰が曲がった爺《じい》さんを見かけると、「いいなあ、あんたら。女が優しい時代に生まれて」と愚痴《ぐち》りたくなる。

　そんな時代に、デートに下駄である。梶は「これでこのカップルも見納めだ」と腹をくくった。ところが一ヵ月後にはふたり仲睦《なかむつ》まじくやってきて、ケーキセットを注文したのだ。うなぎのようにつかめぬふたりである。

　さて、件《くだん》のふたりは今も窓際の席にいる。

　驚くべきことに、今朝は一緒にやってきた。

　肩を並べて歩いてきて仲良くモーニングを注文する、という偉業を成し遂げた。以前もここでモーニングを食べたことがあるが、それは「待ち合わせ」であった。このたびは「一緒にやってくる」というステージアップとなった。

　フィギュアスケートで言えば、ダブルアクセルとトリプルアクセルくらい基礎点が違う技を披露《ひろう》してくれたのだ。

　梶は「おめでとう、よくやった」と心の中で喝采《かっさい》を送りつつ、ふたりにモーニングを運んだ。

ガラス越しに差し込む朝日がふたりを優しく包み込んでいる。

いつかこのふたりは結婚するだろう、という期待が梶にはある。

梶自身は特定の彼女と一年以上続いたことがないし、結婚制度にこれっぽっちも魅力を感じたことはないが、このふたりの関係は「夫婦」というのが一番合っていると思うのだ。

夫婦に関して梶はアマチュアなので、想像するしかないが、基本、夫婦とか家族って、人生のどまんなかに置いて取り組むべき課題ではなくて、各々が外で元気に動き回るためのガソリンスタンドのようなものではないかと思う。エネルギーを補給し合う存在、それこそがこのふたりの関係性ではないかと思うのだ。

百瀬《ももせ》太郎《たろう》と大福《だいふく》亜子《あこ》は見つめ合い、「いただきます」と言った。

百瀬は黄身《きみ》が美しいオレンジ色をしているベーコンエッグにナイフを入れながら、「今年のスーパームーンは四月八日に見られるそうです」と言った。

亜子は淡い黄色が目に優しいふわふわのスクランブルエッグをフォークですくいながら、「スーパームーンって、写真で見たことはあるんですが、実際に目にしたことはないんです」と言った。

百瀬は丸めがねを指で押し上げながら言う。

「地球に最接近した時に見える満月です。地球と月の平均距離は三八万四四〇〇キロメートルで、最も近づくといっても、年により差はあります。去年は二月十九日に三五万六七六一キロメートルまで近づきました」

亜子は、ふたりの間も最接近と言えるのではないか、と思った。

「今年は一緒に見たいですね」ふたりは微笑《ほほえ》みあった。

そのあとふたりは無言で食べた。お互い出勤前なので、そうのんびりもしていられない。

「ふええええ、ふえええ」と妙な声が聞こえ、ふたりは同時に声のほうを見た。

店の奥の席に赤ちゃんを抱いた女性がいる。ロングヘアをひとつにまとめ、広いおでこが知性を窺《うかが》わせる、亜子と同年代の女性だ。真っ白なおくるみに包《くる》まれた赤ちゃん。大切そうに抱きしめているおかあさん。

亜子はその女性に未来の自分を重ねた。ああして愛する我が子をあやす日がいつかくる。我が子はくせっ毛の百瀬ジュニア。

亜子が想像の国に飛んでいる間に百瀬は食べ終え、「部屋は落ち着きましたか？」と尋ねた。

「まだまだです」亜子は肩をすくめた。

亜子は昨日、百瀬が住んでいるアパートに入居した。百瀬は二〇一号室、亜子は二〇三号室だ。

「生まれて初めての引越しで、要領が悪いんです。まだ開封していない段ボール箱が山ほどあります」

荷物と格闘している最中に、夜遅く帰宅した百瀬が様子を見にきて、手伝うと言ってくれたが、断った。下着やら化粧品やらが散乱している部屋を見られるのが恥ずかしかったのだ。百瀬を部屋に招く時は、こうありたい、という部屋の青写真が亜子にはあった。が、一晩経ってもなかなか片付かない。

朝、百瀬が再び顔を出し、喫茶エデンに誘ってくれたのである。

亜子は言った。

「落ち着いたらお招きします。朝食を作りますから、うちで一緒に食べませんか」

「ありがとうございます。では、交代で作りましょうか」

「百瀬さん、自炊できるんですか？」

「中学を卒業してからずっとひとり暮らしなので」

それを聞いて、亜子の心に一抹《いちまつ》の不安がよぎった。

二十九年間、料理洗濯掃除は専業主婦の母に任せっきりで、特に料理は中学の調理実習しか実体験がない。「結婚前に家事を伝授する！」と張り切っていた母。しかし結婚が三年先に延びてしまったため、亜子は待ちきれずに越してきてしまい、花嫁修業をしていないのだ。

「ふぎゃあ、ふぎゃあ」

赤ちゃんが本格的に泣き始めた。

百瀬はちらとそちらを見て微笑んだ。それから腕時計を見て、「そろそろ時間ですので、すみませんがお先に」と立ち上がった。

その瞬間、「うぎゃー！」と赤ちゃんが叫んだ。

「では、また」という亜子の言葉をかき消すように、「うぎゃー、うぎゃー」が店内に響く。

次の瞬間、亜子は目を疑った。

赤ちゃんを抱いた女性が百瀬に近づき、泣き叫ぶ我が子を差し出すと、「ちょっと見ててもらえますか」と言ったのだ。

百瀬は虚を突かれた顔で赤ちゃんを受け取った。すると不思議なことに赤ちゃんは泣き止んだ。

「少しだけ、すみません」と言って女性は消えた。化粧室がある方だ。

トイレに行きたくなり、ちょっとだけ、あずけたのだ。それにしても、お店の人にではなく、百瀬に。同性の亜子にではなく、百瀬に。

おひとよしって、嗅《か》ぎ分けられるのだろうか？　亜子は呆れた。

百瀬と人生を歩むということは、こうして他人の荷物をあずかることの連続かもしれないと亜子は考えた。そしてそれは、自分が選んだ道なのである。

亜子は立ち上がり、「わたしが」と言って、百瀬の手から赤ちゃんを受け取った。すると赤ちゃんはまたもや「うぎゃー、うぎゃー」と泣き始めた。「べろべろばあ」をやってみたが、泣き声は激しくなるばかりだ。第一、赤ちゃんを抱くのは初めてで、どう抱いたらよいのか、あせるばかりだ。

見かねた百瀬が再び抱くと、赤ちゃんはぴたりと泣き止んだ。

「百瀬さん、抱くのじょうずですね」

「青い鳥こども園で小さい子の面倒を見ていたので」

百瀬は施設で育った。そこで乳幼児の世話もしていたのだ。百瀬は赤ちゃんを抱いたまま、そっと腰を下ろした。

「おかあさんが戻るまで、こうしています」

亜子はちらっと時計を見た。そろそろ会社へ行かねばならない時間である。

「大福さんはお先にどうぞ」と百瀬は言った。

「でも」

「夜、また」と百瀬は微笑んだ。

亜子は胸がきゅんとした。

「夜、また」と微笑み返し、亜子は店を出た。

新宿の街を足早に歩きながら、亜子は幸福をかみしめた。

赤ちゃんを抱いた百瀬の姿がたのもしく、一段とかっこよく見えた。父性ってすばらしい。そして、「夜、また会える」という贅沢《ぜいたく》。

ふたりの未来は朝日のように光り輝いて見えた。

正水直《まさみずなお》はJR新宿駅のホームに降り立った。

彼女を運んできた特急あずさ2号を背にして歩き始める。口をへの字に結び、小柄な体には黒くて大ぶりのリュックを背負っている。

直は前を見つめて黙々と歩く。

新宿駅のホームに降りるたびに感じる独特の「ひと臭さ」は、歩いているうちに気にならなくなる。鼻は慣れるのだ。自分もじき東京に慣れるだろうと、直は唇を噛み締めた。

人ごみを縫《ぬ》うようにして東口にたどりつき、改札を抜けると、空を見上げる。

薄い灰色の膜《まく》で覆《おお》われている。雲なのかスモッグなのか見分けがつかない。

顎《あご》を引き、再び歩き始める。

新宿通りは祭りのように人が行き交《か》っている。ぶつからないよう注意深く進むと、やがて紀伊國屋《きのくにや》書店が見えてくる。一度は入ってみたい憧れの書店。それを横目に通り過ぎると、すぐに伊勢丹《いせたん》本館が現れる。まるで御殿のようで、威圧感がある。

「デパートの王様は新宿伊勢丹だ」と父が言っていたのを思い出す。

「勝負服は新宿伊勢丹で購入すべき」と父は言っていた。

おそらく父はここで服を買ったことも、足を踏み入れたことすらないだろう。父の言うことはどこからどこまでが真実なのかわからない。ともあれ、娘である自分も、王様に足を踏み入れる日は一生来ないだろう。

そもそも直はファッションに興味がない。寒色のトレーナーにチノパンツ。男の子と間違われるような格好《かっこう》ばかりしている。丈夫で歩きやすい服装が好きなのだ。

伊勢丹を通り過ぎると、明治《めいじ》通りにぶつかる。巨大な十字路を左に曲がり、明治通りを北へ北へと歩いてゆく。定規《じょうぎ》で引いたようにまっすぐな道である。排ガスまじりの風が、ショートカットの前髪を立たせる。歩けば歩くほど、直の瞳は輝きを増す。

直は今、未来に向かって歩いているのだ。

今日から東京暮らしがスタートする。今はよそよそしく感じ、モノトーンに見えている風景も、やがて色彩《しきさい》を持つだろう。

東京に直を知るものはいない。叫びたくなるほどの自由を得た気分だ。

三十分ほど北上すると、早稲田《わせだ》通りにぶつかった。慎重《しんちょう》に横断歩道を渡り、右へ曲がって、さらに歩く。目的地まであと少しだ。

東京はすばらしい。歩いて行ける範囲に必要なものがすべて揃《そろ》っているのだから。

新宿東口を出てから一時間と十分が経った。直は早稲田大学の正門から構内へと向かう。すぐに見える一号館に入ると、事務室へ直行した。

入学センターの職員はみなパソコンに向かってデスクワークをしている。キーを叩く音しかしない。静かだ。

「すみません」

カウンター越しに声を掛けると、ひとりの男性が立ち上がり、近づいてきた。まだ学生らしさが残る面ざしで「はい？」と直を見下ろす。

「今年入学するものですが」

「それはおめでとうございます」

男性の笑顔に、直の頬も緩む。おめでとうという言葉は何度聞いても心地よいものである。

「入学手続きの書類を受け取りにきました」

男性は一瞬、聞き取れなかったかのような表情をした。しかし微笑みを絶やすことなく次の言葉を述べた。

「書類は宅配便での送付になっております」

「まだ届かなくて」

「届かない？」

男性はカウンターに置いてある卓上カレンダーを見た。入学式まであと一週間しかない。

「入学金は振り込んであります」と直は告げた。

「でも書類がまだなんです。入学式の日程はサイトで確認できたのですが、時間とか集合場所がわからないし、日程も迫ってきたので、直接受け取りに来ました。受け取ったらこのまま学生寮に入ります。ここから近いと聞いていますが、地図とかありますか」

　男性の顔から微笑みが消え、険しい口調になった。

「合格をｗｅｂサイトで確認しましたか？」

「見に来ました」

「見に来た？　ｗｅｂ発表のみとなっておりますが」

「当日はサイトにつながりにくいと聞いていたので、見に来たんです」

「わが校は掲示による発表を行っておりません」

「はい。ありませんでした。結局、合格もしてなかったし」

　男性は瞬《まばた》きをした。頭を整理しているようである。

「では、補欠だったということですか？」

「いいえ、補欠じゃなくて、繰上げ入学のほうです」

「繰上げ入学？」

　男性は眉根を寄せた。

「今、受験票をお持ちですか？」

　直はリュックから受験票を出して見せた。何度も握りしめ、持ち歩いたため、皺《しわ》だらけである。

「おあずかりします。少々お待ち下さい」

男性は受験票を手にデスクに戻り、作業を始めた。これから書類を整えるのだから、時間がかかるだろう。所在無《しょざいな》げに立っていると、五十代くらいのふくよかな女性が近づいてきて、「こちらにどうぞ」と奥へと連れて行かれた。

広々とした明るい応接室に通され、お茶を出された。女性は向かいに座り微笑んでいる。

「どちらから来たの？」

「甲府《こうふ》です」

「ぶどうがおいしいところね」

「はい。シーズンにはご近所からいただきます」

「まあ、うらやましいこと」

会話が途切れた。

男性はなかなか現れない。ひとりで待っているほうがよほど気が楽だが、女性は座ったまま動こうとしない。事務処理の不手際をツイッターで拡散されないよう、慎重におもてなしする方針なのかもしれない。心配は無用なのに。直はツイッターもラインもやらないし、持っているのは古い機種の携帯電話だけだ。通話とメールはできるが、ネット環境は乏《とぼ》しい。

「すみませんねえ、お待たせしてしまって」

女性は時間を持て余しているようだ。直は話をこちらからふってみることにした。

「ぶどうって、房《ふさ》の上のほうがおいしいってご存知ですか？」

女性はすぐに会話に乗ってきた。

「上って、どっちが上？　ぶらさがった状態の上？」

「そうです。上のほうが甘いのです」

「あらまあ、いいこと聞いちゃったわ。家族で食べる時、上から食べてみる。教えてくれてありがとう」

直は「どういたしまして」と言った。

家族に教えてあげずに、出し抜くつもりだ。おとな気ないなあと直は思った。まあ、これが家族というものなのかもしれない。家族ってたぶん、気を使わなくてよいものなのだ。直は違う。家族は……最も気を使う存在だ。

ドアをノックする音が聞こえて、さきほどの男性が入ってきた。書類は持っておらず、受験票を差し出しながら言った。

「受験番号１１７４１は残念ながら不合格です」

応接室は静まり返った。

直は手続きが滞《とどこお》っているのだと思った。だって入学金は払った。入学金は入学するためのお金だ。たしかに送金したのに、入金が反映されていないのだ。確認が遅れているのだ。大きな大学で、合格者もうんといるから、そういうこともあるだろう。

「繰上げ入学の手続きがまだ済んでないのですか？」

「繰上げ入学というものは、ありません」

そう言ったのは女性だ。

「補欠枠の中から入学者が出るときに繰上げという言い方をしますが、合格発表の時点で補欠になっていなければ、大きく定員割れしたとしても、その下から繰上がるという制度はないのです」

「はあ」

直は新宿東口を出たところで見た空を思い出す。

薄雲が広がっていたが、空はほどほどの明るさを保っていた。今は違う。徐々に暗雲が近づいてくるのを感じる。どす黒い暗雲が。でもまだ雨は降ってない。大丈夫だという気持ちが大半を占めている。言われたことをきちんとやった。自分に非《ひ》はないのだから。

女性は言った。

「いったいどこで繰上げ入学などという話を聞いたのですか？」

などという？

言外に「あなたはミスをした」というニュアンスがこめられている。直は「こちらに非はない」と自信を持っている。

「ここで聞きました」

「ここ？」

「早稲田大学で、早稲田大学の職員から聞きました」

　女性は頬を赤らめ、怒ったような顔で何かを言おうとしたが、男性は目でそれを制し、

「順を追って説明してください」と言った。

「合格発表の日、大隈重信《おおくましげのぶ》さんの足元で、携帯電話を使って何度もアクセスして、どうにかｗｅｂサイトにつなげることができました。サイトを何度も見直しました。ここが第一志望なのです。地元の大学には合格しましたが、まだ入学手続きをしていなくて、ここの発表を見て、ダメだったら入学金を振り込む予定でした」

　声がかすれたので、一口だけお茶を飲み、先を続けた。

「受験番号１１７４１は何度見てもありませんでした。イイナヨイって口に出して言いながら、何度も見直しました。この番号、縁起がよいので、合格している気がしたのです。でも、補欠にも番号はありませんでした。見間違いではないかと、何度も確認しました。携帯の画面は見辛いので。すると係の人がやってきて、受験番号１１７４１の方ですかと聞かれました。ええ、そうですと答えると、サイトに番号はありませんが、補欠にはさらに予備枠があって、そこにわたしの番号があるというのです。係の人がこう、タブレットを見ながら説明してくれました」

「係の者がですか？」

「はい。タブレットの画面を見ながら、確かに番号があるので、合格者に辞退者が出た場合、まずは補欠が繰上げられ、それでも定員に空きがあれば、あなたが繰上げ入学となると言いました。腕章《わんしょう》をしていたので、職員だと思います」

「腕章？」

「小豆《あずき》色の腕章です。早稲田大学のスクールカラーの」

「臙脂《えんじ》です。スクールカラーは」と男性は神経質そうな口調で訂正した。

「その人は言いました。国立大学の発表はこれからなので、合格者の中から毎年かなりの数の辞退者が出るって。合否はいつどこでわかるんですかと尋ねると、電話でお知らせしますので、電話番号を教えてくださいと言われて、伝えました。この携帯の電話番号です」

　直は携帯電話をふたりに見せた。

「係の人は合格を祈っていますと言いました。甲府に戻って電話を待ちました。地元の大学の入学金支払い期日が迫った朝、この電話が鳴りました。おめでとうございますと言われました。たしかに腕章の人の声でした。飛び上がるほどうれしかったです。入学金をすぐに振り込むように言われて、指定された口座に振り込みました。すると翌日に電話があって、こんどは違う人の声でした。入学金の振り込みが確認できて、入学が決定しました、おめでとうございますと言われました。うれしかったです。すぐに前期の授業料を払う必要があると言われ、それもまた振り込みました。すると翌日にまた電話があって」

　そこで女性のため息が聞こえたが、かまわず話した。

「今決断すると格安で学生寮に入れるというので、寮費を振り込みました」

　男性と女性は顔を見合わせ、同時にため息をついた。それから直を見て、「全部でいくら払いましたか？」と問うた。

「入学金が十万で、前期授業料は六十万、寮費が半年分で三十万です。全部で百万」

女性は首を横に振りながら再びため息をついた。ため息おばさん、と直は心の中であだ名をつけた。

直はわかり始めていた。説明をしながら、全身が暗雲に包まれてゆくのを自覚した。ニュースで振り込め詐欺《さぎ》の事件を聞くたびに、「どうしてそんなバレバレの嘘に騙《だま》される？」と呆れていたが、自分も今回ひとかけらも疑わなかった。でもこうして声に出し、順序立てて説明してみると、客観的におかしいとわかる。おかしいことだらけじゃないか。書類もなしに、口頭で口座番号を伝えて入金を促す。あきらかに詐欺である。

指先が震えている。自分の指なのに他人のように見える。

信じたい言葉だったから、盲信してしまったのだ。この大学に入学し、四月から寮生活をする。自分の夢を次々提示されたから、反射的にのっかってしまったのだ。

苦しかったから。何年も苦しんだから。蜘蛛《くも》の糸を垂《た》らされて、しがみついてしまった。嘘の糸とは知らずに。

母の「おめでとう。誇らしいよ」という言葉が脳内で再生される。

あれは母がこつこつ貯めたお金だ。全財産だ。それを惜しみなく出してくれた。十万、六十万、三十万と、言われるたびに信用金庫に走って、足りない分は勤め先から借りて、振り込んでくれたのだ。娘の言葉を疑いもせずに。

「すぐに入学案内の書類を送ると言われたのに来ないし」

直はもう惰性《だせい》で話し続けていた。

「かかってきた電話は非通知なので問い合わせができなくて、こちらの学生課に電話をしたら、個人情報にかかわることは電話では答えられない、本人が受験票を持って相談にいらしてくださいと言われたので、上京を早めて、出てきたのです。長距離バスのほうが安いけど、母がはなむけにって、特急電車の料金を出してくれました。何度も往復できないから、入学式まで寮で過ごそうと思って」

「寮の住所はその男から聞きました？」

直は首を横に振った。

「ここに来れば教えて貰《もら》えると思っていました」

だって、腕章をした人はここの職員だと思っていたから。

目の前の女性も男性も腕章などしていない。

振り込みを済ませてからの十日間を直は振り返った。

はじめの一週間は夢のようであった。すぐに高校に報告し、みなから賞賛《しょうさん》され、胸を張って卒業式を迎え、その間も郵便受けを毎朝毎晩覗《のぞ》いた。八日目あたりから不安を感じ始めた。あくまでもその不安は「書類が郵送される途中で紛失」とか、「事務処理が遅れている」という類のものであって、合否がひっくり返るとは一ミリたりとも思わなかった。正水家にとって全財産より大きい「百万」を送金した事実が油断につながった。今思えば、なぜ「振り込め詐欺」という文字が頭に浮かばなかったのだろう。不思議なくらいである。

詐欺の被害者はみなあとで「狸《たぬき》に化《ば》かされた」と思うのだろう。そして周りから責められるのだ。「どうしてひっかかったの」と。

女性は「警察に通報しましょう」と言った。男性も「それがいい」と言う。

直は唇を噛み締め、首を横に振った。

「被害届を出すべきですよ。犯罪ですから。当校としても知らない顔はできません」

女性は直の肩にやさしく手を置いた。そしてハンカチを差し出そうとして、引っ込めた。直はうつむいてはいたが、泣いてはいなかった。

泣く、という行為を直は記憶にある限りしたことがない。我慢強いと言われることもあれば、冷徹《れいてつ》だと疎《うと》まれることもある。直自身は、我慢強くもないし、さほど冷たい人間だとも思えず、涙腺がない特異体質かもしれないと感じている。

直は受験票をポケットにねじ込んで立ち上がった。

「わたしは、落ちたんですよね？」とふたりに尋ねた。

男性は「落ちました」と言い、女性は無言で頷《うなず》いた。

直はぺこりとお辞儀《じぎ》をして、応接室を出た。

外は皮肉にも快晴である。

大隈重信像の真上には、さきほどより青さを増した空がある。

東京にも青空があるのだ。暗雲どころか雲ひとつないではないか。希望に満ちて歩いていた時は薄曇りだったのに、崖下にいる今は快晴。直は自分と自分を取り巻く世界の間には大きな隔《へだ》たりがあると感じた。

「オエー、オエー」

地獄の雄叫びのような声が聞こえる。大隈重信像の前には詰襟《つめえり》学生服を着た男たちがずらりと並んで腕を伸ばしたり引っ込めたり、さらには振り回しながら、声を張り上げている。

これが噂に聞く応援部か。

直が通っていた高校は、男子は詰襟学生服、女子はセーラー服であった。みな、「早く制服を脱ぎたい」と言っていたし、直もそうであった。制服から解放され、自由になりたかった。大学生になってもあえて制服を身にまとう人間の気持ちが直には理解できない。

彼らの雄叫びは、フレーフレーではなく、「オエー、オエー」と耳に響く。途中、「新入生諸君！」と叫んでいるから、新入生歓迎会の練習だろう。入学式まで一週間。練習も最終段階に入っているのだ。

彼らはみな小豆色の腕章をしている。地面にもひとつ落ちている。小豆色の腕章は構内の売店で簡単に手に入るのだろう。

オエオエを聞きながら、大隈重信像に背を向け、正門へと歩を進める。真正面に太陽光を浴びた大隈記念講堂が見える。早稲田大学の象徴的建造物である。

　直が初めてここを訪れたのは二月下旬、受験当日だ。

　ちらちらと小雪が舞う中、大隈記念講堂を校舎と思い込んで入りかけ、係員に止められた。

「ここは本日付き添いのご家族の待合室となっています」と言われて、驚いた。

　入試に家族が付き添うなんて、直には考えられないことだ。交通費が勿体ない。それに、東京に来たことがない母を連れてきても、足手まといになるだけだ。

「受験生はあちらへ」と言われて振り返ると、だだっ広い正門があり、『入試会場』の立て看板があった。広すぎて門に見えなかった。

　でかい大学だなあと思った。大勢の受験生が広い門に吸い込まれてゆく。直もその流れに紛《まぎ》れた。濁流《だくりゅう》に飲み込まれたメダカのような心境であった。

　受験料さえ払えば、校舎に入り、試験を受けることができる。安くはない受験料だが、木の机の感触、天井の高い教室。そこにいることができるだけでも、胸が高鳴った。

　それももう、何年も前の出来事のように感じる。

　直の学力からすれば、不合格は理の当然である。記念受験で良かったのに、甘い言葉に騙されて、つい夢を見てしまった。

　たった十日の夢の代償は計り知れない。地元の大学への進学をふいにした。最も痛いのは、百万円の損失である。母に何と言えばよいのか。

正門を出て、未練がましく振り返る。春から通うつもりだった大学。二度と来ることのない東京の大学の風景を目に焼き付けよう。

さようなら。

くるりと前を向き、横断歩道を渡ろうとしたら、信号が赤に変わった。

横断歩道の途中に取り残された人がいる。腰を直角に曲げ、杖を頼りに歩く高齢者だ。道幅は広く、横断歩道は長い。車は容赦《ようしゃ》なく左右に行き交うが、本人は腰が曲がりすぎて地面を見ているので状況を把握《はあく》できないのだろう、とぼとぼとマイペースでこちらへ渡ってくる。今にも撥《は》ね飛ばされそうである。

直は、背負っていたリュックを地面に下ろし、車に注意しながら横断歩道を走った。

「おばあちゃん、おんぶします！」と叫ぶと、背中を向けてしゃがんだ。一瞬の間があったが、背中にずしりと重圧がかかった。想定外に大柄で、重たい人だ。直は「うーむ」とうなりながらどうにか立ち上がると、横断歩道を懸命に渡った。

小柄な直の姿は、老体にすっぽりと隠れて、ドライバーから見えるのはお化けのような姿勢で空に浮かぶ高齢者。クラクションが激しく鳴り、「信号見えないのか、くそばばあ！」と怒声が飛んだ。

横断歩道を渡りきると、直は崩れるようにしゃがみ、高齢者を下ろした。太ももがつりそうですぐには立てない。すると、へばっている直の後頭部に斧《おの》のような言葉が振り下ろされた。

「あんたにおばあちゃんなどと呼ばれる筋合いはない」

直はハッとして後ろを振り返った。

高齢者は直に背を向けて、ゆっくりと正門へ入ってゆく。門はいつも開放されているらしく、ベビーカーを押しながら通り抜ける若い母親たちもいた。

やれやれ。

徒労感がのしかかり、しばらく立ち上がれなかった。手の甲で額《ひたい》の汗をぬぐうと、とりあえずリュックを背負うことにした。瞬間、頭がくらりとする。

夢を見ている？

キーンと耳鳴りが始まった。

リュックが、ない。

右を見るも左を見るも、黒いリュックはどこにもない。

山梨《やまなし》から背負ってきた所持品すべてが消えてしまった。

遠くにオエーオエーのエールがむなしく響いていた。

「男の子かしら、女の子かしら」

仁《に》科《しな》七《なな》重《え》はおくるみに包まれた赤ん坊を抱きながらつぶやいた。

野呂法男《のろのりお》は無言だ。

ここは新宿のはずれにある小さな法律事務所である。

再開発によりスタイリッシュな新築ビルが立ち並ぶ中、ひびだらけの三階建てのビルは人目を引く。事務所はその一階にあり、ドアが凄い。

「ここは危険区域につき立ち入り禁止です！」と叫んでいるようなショッキングイエローなのだ。そこに『百瀬法律事務所』の銀色のプレートが控えめに掲《かか》げられている。

野呂法男は秘書である。流行《はや》りのグレーヘアに整えられた口ひげをたくわえ、春夏秋冬三揃いのスーツに身を固めている。

仁科七重は事務員である。短い髪の襟足は刈《か》り上げられ、清潔以外取り柄がない地味な身なりをしている。

法律事務所なのに猫がいる。

昨今《さっこん》は猫ブームで、どこぞの駅には猫の駅長がおり、どこぞの金物屋には看板猫がいたりするが、それはたいがい一匹である。この事務所には現在九匹の猫が暮らしている。二十匹を超えたこともあるので、九匹は平和的な猫密度である。なにせ人口のたった三倍に収まっているのだ。

そこへ、あろうことか今朝突然に、乳児がメンバーに加わった。

子猫ではなく、人間の赤ん坊である。

事務所のもうひとりの構成員で弁護士の百瀬太郎が、赤ん坊を抱えて出勤した時、野呂は凍りつき、七重は卒倒しそうになった。

「ちょっとだけあずかったんです」と百瀬は言った。

猫じゃあるまいし！　七重は叫びたかったが、声にならない。

「この子のおかあさんは誰ですか」と野呂が尋ねても、「名前も住所もわからない」と百瀬が言うので、七重はついに床に頽《くずお》れ、開いた口がふさがらなかった。

依頼人を待たせていた百瀬が、赤ん坊を抱えたまま応接室に入ろうとするのを野呂が止めて、強引に抱き取ったが、赤ん坊が激しく泣き始めたため、七重がよろよろと立ち上がり、抱きしめたのだ。あやすこと三十分、ベビーはすうすうと寝息を立てている。

そして百瀬は今、応接室で接客中である。

バケツリレーさながらに乳児が七重の腕に落ち着くまでの短い時間の中で百瀬がした説明によると、赤ん坊をあずかった現場は喫茶店で、ほんの数分あずかるだけだと思っていたが、あずけた母親がなかなか席に戻らず、ウエイターが店内のトイレや店の外を探し回ったが見当たらない。ウエイターは「捨て子」と判断。百瀬が「もう少し待ちましょう」と止めるのも聞かず、すぐに警察に連絡したところ、「児童相談所の職員がそちらに向かう」と言われた。その児童相談所は、「人手が足らず、すぐには迎えに行けない」と言って来たので、ウエイターはパニックになった。百瀬は「迎えに来るまでわたしがあずかります」と言って名刺を渡し、「児童相談所には、ここへ来るように伝えてください」と言い置き、乳児を抱えて出勤したというわけだ。

七重は「こんなに小さな子を捨てるなんて」と涙ぐんだ。ベビーは新生児のようだ。野呂は、母親が喫茶店に置いていったというマザーズバッグを覗いてみた。紙おむつや着替え、抱っこ紐までが入っており、粉ミルクも哺乳瓶《ほにゅうびん》も一式揃っている。ただし、乳児と母親の手がかりになるものは何ひとつない。

七重は不安でならない。

「百瀬先生はおかしいですよ。猫を引き受けるのはしかたないとあきらめています。でも、人間の子まで引き受けるなんて、どうかしています。ひょっとするとマリッジブルーじゃないですかね」

野呂は「まさか」と言う。

「百瀬先生に限ってマリッジブルーなどありえません。彼女いない歴三十九年の歳月に終止符を打ってくれたお相手ですからね。そもそも、論語にこういう言葉があります。四十にして惑《まど》わず」

「あらまあ、野呂さんは四十から一度も迷ったことがないんですか？　わたしは五十を過ぎてからデパートの中で迷子になることが多くなりました。このあいだ友だちとデパートのレストランに行ったんですよ。三時間もいたものですから、途中でちょいとお手洗いに行ったんです。そしたらもうレストランに戻れない。そのフロアにいた店員さんに声を掛けて、助けてもらおうとしたんですけど、レストランのね、名前を覚えてなかったものですから、あーら、困った。メニューは覚えていたんです。ハンバーグランチが九百八十円でした。そう言ったらね、店員さんが、ああそれならって、連れて行ってくれました。あそこのハンバーグおいしいですよね、ぼくもよく食べますって、ほがらかな店員さんでしたよ」

野呂は首を左右に振った。

「論語を引き合いに出したわたしが間違っていました。ええとですね、何の話でしたっけ」

「百瀬先生のマリッジブルーです」

「ああそうだった。結婚は三年も先なんですよ。先生は今、仕事のことで頭がいっぱいのはずです」

「三年先だからこそ、ブルーになってるんじゃありませんか？」

野呂は本日初めて七重の言葉に「おや」と思った。「三年先だからこそブルー」という発言は、説得力がある。

たしかに最近の百瀬は様子がおかしいと野呂も感じていた。

毎朝遅れずに出勤するし、「おはようございます」もきちんと言えるし、仕事も次々とこなしているが、ふとした瞬間に、思いつめたような顔をする。難しいクイズでも解こうとしているような顔つきである。十八番の「天井を見る」という仕草《しぐさ》も、頻繁《ひんぱん》にするようになった。

これは幼い時分に百瀬が母親から教わったというおまじないである。

「万事休すのときは上を見なさい。すると脳がうしろにかたよって、頭蓋骨《ずがいこつ》と前頭葉《ぜんとうよう》の間にすきまができる。そのすきまから新しいアイデアが浮かぶのよ」

　この言葉を七歳から信じ続けてきた百瀬は、四十を過ぎても忠実に守っている。この無《む》垢《く》で奇怪なボスの仕草に慣れている野呂でさえ、「このところ上を向き過ぎている」と感じる。それは事実だ。

　今まさにボスは万事休すなのであろうか。

　七重はさらに言う。

「今朝のワイドショーの星占いによると、乙女座の百瀬先生のラッキーカラーはブルーですって。やはりマリッジブルーですよ」

　野呂は呆れた。

「マリッジブルーのブルーは色じゃないですよ」

「われわれで運動を起こしましょう」と七重は鼻息荒く言った。

「運動？」

「結婚式を早める運動です。そうだ、署名活動なんてどうでしょう？」

　野呂は失笑した。

「ばかばかしい。誰がそんなものに署名するっていうんです」

「誰でもいいんですよ。数が必要ですからね。駅前で、東京を緑化しましょうと訴えながら、道行く人に署名をもらうってのはどうです？」

野呂は低い声で「それは詐欺ですよ」と言った。

「弁護士事務所に籍を置くものが、詐欺を働くだなんて、絶対に絶対に許されません！　しかも環境問題という真摯《しんし》に取り組むべき事案を利用するだなんて冗談じゃない！」

「あらやだ、冗談ですよ」

七重はぷっと吹き出し、けらけらと笑った。

「冗談くらい言わせてくださいよ。結婚まで三年もあるんですから、時間を持て余してしまうじゃないですか」

野呂は呆れてものが言えない。

「嫌ですよ、野呂さん。冗談や洒落もわからずに相手を攻撃するなんて、今どきの、なんでしたっけ、うーんと」

七重は赤ん坊の寝顔を見ながらしばらく言葉を探していたが、ようやく見つけたようで、目を輝かせて言った。

「野呂さんは不感症です」

野呂はこめかみに筋を立てて叫んだ。

「それを言うなら、不寛容です！」

「ほうらまた怒ってる。とにかく、不寛容は認めるわけですね」

七重はにやにやしている。

野呂はやれやれと首を左右に振り、湯を沸かすことにした。ベビーのミルクと依頼人のお茶のために。そして己の心の安寧《あんねい》のために。

七重とのおしゃべりに、長距離を走ったような疲労を感じる。

野呂は独身である。おそらく独《ひと》り身《み》のまま一生を終えるのだろうと、今ではしずかに受け止めている。五年前に思い切って購入した１ＬＤＫのマンション。そこは自分が帰るまで明かりが灯《とも》らない。帰宅してカチリとスイッチを入れる瞬間、海の底にいるような孤独を感じる。しかしこうして同僚の七重に振り回されていると、世の既婚者は家に帰ってもこの気苦労が続くのかと想像し、己の部屋が暗く静まり返っていることにしみじみと安堵《あんど》する。

孤独こそ安寧、独身こそ愛しい人生と思うものだ。

それにしても、応接室は気味が悪いほど静かである。

お茶を持って行き、様子を窺ったほうがよさそうだ。七重が淹《い》れるお茶はまずいので、野呂が淹れて、七重に運ぶのを頼むことにする。その間、ベビーは自分の腕の中で我慢してくれるだろうか。

それにしても、だ。

ベビーまで引き受けるとは。七重があきれるのも無理はない。

湯が沸くのを待つ間、野呂はボスのこれまでを振り返った。

百瀬太郎には父がいない。

七歳の時、母の手で児童養護施設に預けられた百瀬は、中学卒業と同時に施設を出て自立した。

働きながら金を貯め、独学で大検（現在の高等学校卒業程度認定試験）に合格、東大法学部へ進学した。在学中に司法試験に合格し、法学部を首席で卒業。銀座《ぎんざ》の一等地にオフィスを構える業界最大手のウエルカムオフィスに入所した。

法曹界の期待のエース。ここまでは音速に迫る勢いがあった。

ところが入所二年目に、世田谷《せたがや》猫屋敷事件を担当した。

ひとりの老婆が多頭飼いをして、近隣住民に訴えられるという、猫訴訟である。本来なら一流のオフィスが請け負う訴訟ではないが、医師会の縁戚を通じて持ち込まれた案件で、百瀬は被告側の代理人となった。

社会通念上、老婆の非は明らかであり、事務所からは短期間に処理せよと命じられたが、百瀬はじっくりと時間をかけ、猫一匹不幸にしない方法で、平和的に解決した。

当時、猫屋敷訴訟はマスコミで話題となり、ペット訴訟の先駆けとなった。

司法試験に落ち続け、弁護士になることを諦めた野呂は、ニュースでそれを知り、あまりにも見事な手腕に衝撃を受けた。若い弁護士の突出した能力に「まいりました」とひれ伏すと同時に、才能を立身出世ではなく、こんなふうに使う道もあるのかと、清々しい思いが胸を吹き抜けたものだ。

猫屋敷訴訟の功績が讃《たた》えられて（七重の解釈によれば、祟って）、百瀬はペット問題スペシャリストの異名をとることとなる。ペット、特に猫にまつわる訴訟ばかりが百瀬の元にもちこまれるようになってしまった。

ペット訴訟は前例が少なく、時間がかかる上に実入りが少ない。ゆえにウエルカムオフィスは百瀬に独立を勧めた。実質的にはクビである。百瀬はしかたなく新宿のはずれ（現在地）に個人事務所を構えたというわけだ。

野呂と七重はその時に雇《やと》われたのである。

独立して七年。百瀬は訴訟で行き場を失った猫を引き受け養育しつつ、秘書と事務員の給料を払い、事務所の賃料を払い、弁護士会費（高い）を払い、その他もろもろ経費を払い、百瀬の取り分を減らすことで綱渡り的に持ちこたえている。

百瀬は今年四十一歳になる。婚約者はいて、この春、結婚式を挙げる予定だったが、式は三年先に延期となった。

延期の理由はけして不幸なことではない。七歳の頃より離れて暮らしていた百瀬の母親が、三年先ならば結婚式に出席可能であると知った婚約者の父親が下した英断である。

「ならば三年待とう」と、式場をキャンセルさせたのである。

古い考えの父親なので、式と入籍と同居をセットで考えており、よって結婚そのものが三年先になってしまった。

野呂はこの一報を聞いた時、婚約者の父親を「なんて情に厚い立派な男だ」と思い、感謝の涙を流した。百瀬自身、「わたしの身内を慮《おもんぱか》ってくださり、感謝しかありません」と喜んでいた。

ところが七重は全く違う反応をした。

「あの頑固《がんこ》親父めが！　ひとり娘を嫁に出すのが嫌で、良い口実を思いついたものですよ！」

七重は頭から湯気を立てんばかりのおかんむりであった。きたる結婚披露宴のために長年仕舞い込んでいた留袖を干したり、半襟をつけたりと準備を整えていたのだ。怒るのも無理はない。

「とっとと式を挙げ、入籍して一緒に暮らすべきです。三年後におかあさんのためにもう一度式を挙げればいいじゃないですか。わたしは二回だって三回だって留袖を着る覚悟がありますよ」

七重はまくしたてたものである。

「男はみな、考えなしですよ。女にはタイムリミットがあるのに！」

七重は結婚と出産をセットで考えており、子どもを作るのは早ければ早いほど良い、と考えているのだ。

独身の野呂は、子どものことまで考えが至らなかった。そしてこの時も七重の言葉に「一理ある」と思ったのだ。野呂は婚約者の父親に一度だけ会ったことがあるが、娘を溺《でき》愛《あい》していると感じた。心のどこかに「まだ手元に置いておきたい」という思いもあったかもしれぬ。

婚約者の大福亜子は父の思いを知ってか知らずか、百瀬が住むアパートへ引っ越す英断をした。これには野呂も七重も拍手喝采した。

若い女性が好んで住みたいと思うアパートではない。築四十年の木造で、六畳一間にガスコンロひとつのキッチン、あとは狭い風呂とトイレがついておしまいという、学生向きの造りである。二階の角部屋には百瀬が二十年以上住んでおり、隣にはすでに入居者がいて、亜子はその隣に入居が決まった。

近くにいるのに結婚できないジレンマだろうか。天井を見上げる回数が増えたし、とうとうベビーを抱いて出勤した。

野呂は香りの良いお茶を丁寧に淹れながら思う。

やはり七重の言うマリッジブルーなのだろうか。

第二章　死なない猫

応接室で百瀬は依頼人と向き合っている。

依頼人は仕立ての良いスーツを着たおだやかな表情の男性で、開口一番、名刺がないことを詫びた。

「実は先月、三十七年勤めた会社を定年退職しまして」

「それはおめでとうございます。長いことお疲れ様でした」

百瀬は心から労いの言葉を述べた。

「おめでたいですかねえ」

依頼人は恥ずかしそうに微笑む。

「名刺がないとなにかこう、落ち着かないものです。初めてお会いする方にこうして名刺をいただくでしょう、こちらからは渡すものがない」

依頼人の前には百瀬の名刺が置かれている。

百瀬は依頼人と初めて会う時、まずは名刺を渡す。相手は名刺をくれたりくれなかったり。そもそも持っていない人もいるし、そこは気にしたことがない。

「でも退職したおかげでこうして平日に動けますし、時間はたっぷりあります。宮仕えの身ではそうはいきませんからね。申し遅れましたが、わたくし岡克典《おかかつのり》と申します。どうぞよろしくお願いします」

聞きようによっては「暇なので来た」ともとれる言い方をした。切羽詰まっている風には見えず、のんびりと室内を見回して、「噂には聞きましたが、本当に猫がいるんですねえ」とスチール製の本棚から垂れ下がっている黄土色の尻尾《しっぽ》を見て言った。

尻尾の主は茶トラのオスで、名はゴッホという。尻尾の先がぴくりぴくりと一定のリズムを刻んでいる。依頼人によって、彼の尻尾は表情を変える。これは「気に入らない侵入者だが、追い出すほど敵意を向ける必要はない」の意をもつ。

ゴッホは他の猫と折り合いが悪く、応接室に引きこもっている。五年前に親猫とはぐれ、道路でへばっているところを地域猫保護活動をしているＮＰＯに拾われた。まだ子猫で、愛くるしい顔をしていたため、すぐに引き取り手が見つかったが、その家の先住猫と凄まじい喧嘩を繰りひろげ、先住猫はストレスでハゲができるし、ゴッホは片耳の先を食いちぎられた。この時はまだゴッホという名ではなく「ちゃちゃ」であった。

引き取り手は怒り心頭で、「ちゃちゃの凶暴性を知りながら、伝えずによこした」とＮ

ＰＯにハゲの治療代を請求したが、ＮＰＯは「お試し期間中の出来事で、注意を怠《おこた》ったそちらに非がある。むしろちゃちゃを傷つけた責任を問いたい」と反論、百瀬に相談がもちこまれた。

百瀬の朋友である獣医の柳《やなぎ》まことに「ちゃちゃ」を診てもらったところ、「極度の猫見知り」と診断された。

「幼児期に他の猫から攻撃を受けた過去があり、猫に対して警戒心が強い。ひょっとしたら親猫からの虐待があったかもしれない。猫とは折り合わないだろうから、猫を飼っていない家庭に引き取られることが望ましい」とのことだった。

日々何十匹もの猫の命を預かるＮＰＯに個々の猫のＰＴＳＤをすべて把握しろというのは酷な話であり、責任を問うことはできない、という結論に達し、治療費の請求は棄却《ききゃく》され、「ちゃちゃ」は百瀬が引き取ることで双方が納得した。

ペット関連の訴訟は依頼人の利益だけを追求してはならない。双方の意見を丁寧に聞き、心情に寄り添い、公平に落とし所を探すと、たとえ訴えが棄却されても、原告は控訴しないケースがほとんどである。

百瀬は経験から、「人は、わかってもらいたい気持ちが優先する」と悟った。その先にようやく「相手のことも理解しよう」が生まれる。

それが人間というものだと。

だから百瀬はまず依頼人を理解しようと努める。その上で依頼人にも敵対する相手の思いを理解するよう、お願いをする。

件の猫は「ちゃちゃ」と呼ばれるたびにシャーっと牙をむくので、「ゴッホ」と改名した。耳を損傷《そんしょう》している上、気難しいという、彼の個性をまるごと引き受けようと思ったのである。猫だって人間同様、まずは「わかってもらいたい」だろう。

ただし、猫に理解されたいと人間が思ってはダメである。それを潔《いさぎよ》く諦めるのが、猫と暮らすコツである。

百瀬法律事務所は多頭飼いなので、ゴッホを応接室に隔離することになった。里親を募集したが、引きちぎられた耳、目つきも悪くなった成猫《せいびょう》を引き取ろうという人間はいない。幸いなことに、ゴッホは名前も応接室も気に入ったらしく、ドアが開いても出て行こうとしない。

「動物は苦手なんです」と依頼人の岡は訴える。

「飼ったことがあるのはカブトムシくらいで。子どもの頃にね。だから猫のことはよくわからないのです。それで困っていたら、家内が猫専門の弁護士さんがいると言い出して、こちらのことを知ったんです」

そこだけははっきりさせたいと百瀬は思った。

「うちは猫専門ではありません」

「おや、そうですか」

岡はうーむとうなった。

「家内はね、インターネットの口コミサイトでこの事務所を知ったらしいです。先生のことを猫弁だと家内は言いました。猫弁、ですよ。でもここ、表に猫弁という看板が出ていないじゃないですか。ほら、先生の名刺にも書いてないでしょ。さっきから嫌な予感がしていたのです。猫弁というのは、ガセネタですか。やはりインターネットの盲信はいけませんね。帰ったら家内にそう言ってやりますよ。会社組織ではそんなデタラメな情報、通用しません。情報源を確かめ、信ぴょう性を吟味《ぎんみ》し、しかるべき数字で現況を把握し、ようやく行動を起こす。それが組織人の基本です。まったく女ってのはダメですなあ、医者を探すのも、レストランを決めるのも、口コミじゃないですか。イメージ戦略に乗せられて健康食品を買わされたりしてね。そうか……猫弁ではないのか……妻の情報を鵜呑《うの》みにしたわたしもヤキが回ったもんだ。いやいや、たいへん失礼いたしました」

岡は立ち上がろうとした。

「猫弁です」と百瀬は言った。

「えっ」

岡はいったん浮かした腰を下ろした。

百瀬は岡夫人の名誉を挽回《ばんかい》せねばと思った。

「猫専門ではありませんが、猫にまつわる訴訟をたくさん引き受けてきました」

「そうなん……ですか？」

「猫弁と呼ばれているのは事実です。あくまでも通称ですし、猫専門ではありませんけど」

依頼人の妻の名誉を回復しつつ、事務所の名誉も守らねばならず、百瀬は発言に細心の注意を払った。

以前、野呂に教わったのである。

夫が妻に敬意を払う。それが夫婦円満の極意だと。それに尽きると。

野呂本人は独身だが、同窓会に行くと、熟年離婚が急増しているらしい。特にリタイア後の夫婦は要注意という話だ。一緒の時間が増えると、互いの欠点が見えてくる。最も危険なのは、妻を見下す発言だ。夫婦関係崩壊の危険度マックスなのだそうである。

百瀬も野呂同様まだ独身だが、妻を見下す自分など想像できない。婚約者の大福亜子を観音菩薩《かんのんぼさつ》のように崇《あが》めている。彼女いない歴三十九年の歳月に終止符を打ってくれた。恩人という言葉では足りない。もはや偉人である。婚約が決まった時、七重から「地獄に仏ですね」と言われたが、まさにそんな心境であった。

岡は確認するような口調で言った。

「先生は猫の問題を解決することに長《た》けていらっしゃる、ということですね？」

「慣れている、ということです」

岡はうむうむとうなずくと、腹を決めたようで、ようやく本題に入った。

「目白《めじろ》に実家がありまして、古い家ですが広さはあります。敷地もそこそこあります。わたしと妹は独立し、長いこと父がひとりで暮らしていました。ひとりと言っても、お手伝いさんや、父の仕事関係の人間の出入りはあります。母は随分昔に離婚をして鎌倉《かまくら》に住んでいます。父はかなりの変わり者ですので、わたしと妹は盆も正月も母がいる鎌倉へまいります。目白には長いこと顔を出しておりませんでした。その父も高齢になりまして、妹が心配し始めたのです。老人の孤独死ってよくニュースになるじゃないですか」

「おとうさまはおいくつですか？」

「今年八十になります」

「どれくらいの頻度で会っていますか？」

「最後に会ったのは十年前です」

「そんなに？　十年も会ってないんですか？」

「苦手なんですよ。向こうもそうだと思います。父と息子って、難しいものがありませんか？」

「はあ」

　百瀬は父と会ったことがないので、そういうものかと思うしかない。

「うちの父はウルトラ級の変人ですから、なおさらです」

「でも、十年前にはお会いになったんですね？」

「突然相続のことで話があると言われて、わたしと妹が目白の家に呼ばれたのです」

「なるほど」

「母とは正式に離婚をしており、離婚する時に財産分与は済んでいます。その後父は再婚しなかったので、現在の法定相続人は長男であるわたしと妹のふたりです。父は預貯金および所有する株式、不動産などなど、すべて法で定められた基準通りにわたしたちに譲ると言いました。それで文句はないだろうと、そういう言い方をするのです。しかし、ひとつだけ条件があると言いました。目白の家は五美《ごみ》と暮らす者に居住権を与えるというのです」

「ゴミ？」

「猫です。五つの美と書いて五美です。なんでも、耳の形の美しさ、瞳の色の美しさ、尻尾の美しさ、声の美しさ、あとひとつは何だと思います？」

「えーと、毛色ですかね、毛並みとか」

「魂だそうです。その五つが美しいという意味だそうです。父はまあその、あれこれ蘊蓄《うんちく》を語るタチですので、タマとかミケとか猫らしい名前を付けないんですよ」

岡は吐き捨てるような言い方をした。父親とはよほど相性が悪いようだ。

百瀬は、タマとかミケはむしろ今では珍しい名前であると思ったが、蘊蓄になるといけないので、発言は控えた。

百瀬自身、猫の名付けにはこだわりがある。

猫は気位が高く、人間の思惑《おもわく》など平気で無視する。人の気持ちがわからないのではなく、わかった上で無視をするのだ。忖度《そんたく》しない。それが猫のポリシーである。

ただひとつ、名付けの特権だけは人に与えてくれる。呼ぶとこちらを見たり、面倒な時でも、尻尾の先を揺らすくらいはしてくれるのだ。だから、「この猫にはそれしかない」という名を付けたくなる。それも他人から見ればくだらぬ蘊蓄に過ぎないのかもしれない。

「十年前に会った時、父は猫を抱いていました。五美です。わたしも妹も口には出しませんでしたが、父に抱かれて平然としている生物がこの世にいることにたいへん驚かされました。父は言いました。自分が亡くなるか、体がきかなくなったら、この子の世話をするものにこの家に住む権利を与えたいと」

「それで岡さんはどう答えたんですか？」

「まず、妹は猫アレルギーです。その時もくしゃみばかりしていました。わたしも動物が苦手なので、猫の世話はできないと答えました。そもそも実家に住むなんて、わたしも妹も考えられません。それぞれに家庭があり、持ち家もありますので。すると父は、お前らの世話になるつもりはさらさらない、五美の世話は猫の扱いがきちんとできる人に頼むから、心配無用だと。われわれのことをあてにしていないようなので、ほっとしました。父は言いました。あとでややこしいことにならぬよう、その旨を公正証書にしたいから、協力してくれと」

　岡は革製のポーチから公正証書を出してテーブルに置いた。

　十年前の日付である。

『岡丈《じょう》太《た》郎《ろう》が長期間家を空ける場合、あるいは岡丈太郎の死後、五美の世話をするものに、目白の家および敷地内にあるすべての備品を使用する権利を与える。岡丈太郎の死後、目白の家を相続した者は、五美が存命の間は不動産を他者に売却してはならない』

という主旨の文言が並んでいる。

丈太郎は、岡の父親の名前である。猫の世話をするものに不動産を譲るのではなく、居住権を与えるもので、公正証書として要件は満たしており、法的に有効である。

「十年前に作ったこの証書の件をすっかり忘れていました。わたしも妹も。ところが先日、老人の孤独死のニュースが気になった妹が、父に電話をかけてみました。かけどもかけども出ない。倒れているのかと思い、十年ぶりに実家を訪れたところ、父の姿はなく、知らない男がいたのだそうです。若い男で、父に頼まれて猫の世話をしていると言ったそうです」

「証書通りということですね？」

「それはそうなんですが、その男は父の連絡先を知らないと言うし、なにせ猫がおかしいんです」

「猫がおかしい？」

「ええ。十年前にわたしと妹が父に会った時、五美は父の腕に抱かれていました。灰色の猫です。ロシアンブルーですねとわたしが言ったら、ロシアじゃない、イギリスだと父は怒鳴りました。あとで調べたら、ブリティッシュショートヘアのようです。先生はご存知ですか？」

「はい、愛好家の間では人気の高い猫です」

「父はその時、猫に薬を飲ませていたので、病気ですかと聞いたら、腎臓が悪いと言いました」

「猫は高齢だったということですか？　高齢の猫は腎臓疾患になりやすいのです」

「歳までは聞いていませんが、長いこと一緒にいて、家族のような存在だと父は言ってました。とにかくその時父は元気そうでしたし、猫は病気なので、父が亡くなるより前に猫が死ぬだろうとわたしと妹は思いました。病気の猫の最期を看取ってくれるシッターさんに住み込みで働いてもらうという感覚で、公正証書作成に協力したのです。まさかこんなに長く生きるとは思わなくて」

「腎臓を患っていた老猫が十年後も健在ということですね」

岡は困ったような顔で「はい」と言った。

百瀬法律事務所の歴代の猫の中には腎臓を患っているものもいた。歳をとればリスクは上がる。自然の摂理である。

「腎臓は一度壊れると再生できない臓器ですが、薬や点滴などで持ちこたえるのは可能です」と百瀬は言った。

しかし、老猫が十年後も健在というのは、ひっかかる。

岡はタブレットを出して画像を見せた。

「これは妹が一ヵ月前に実家で撮った写真です」

そこには丸っこい顔の灰色の猫が写っていた。ブリティッシュショートヘアであることに間違いはない。抱いているのは細面の美しい青年で、彼がシッターなのだろう。

「同じ猫ですか？」

「同じ猫に見えます。丸顔で、灰色だし」と岡は言う。

ブリティッシュショートヘアの特徴は丸顔で灰色だから、それだけで同じ猫かどうかはわからない。画像だけでは判断できないが、百瀬の目には、若い猫のように見えた。しかし、高齢でも毛並みが美しく若々しい猫はいる。獣医に歯を見てもらわねば、年齢は推測できない。

「画像、いただけますか？」

「ええ、もちろん」

岡はタブレットを操作し、名刺にある百瀬のアドレスに画像を送った。

「おとうさまの所在は不明なんですね？」

「はい」

「警察に届けるおつもりはありませんか？」

「大げさにしたくないんです」

「おとうさまのご無事を確認するべきではないでしょうか」

「安否は確認したいです。でも警察はちょっと。ニュースになって騒がれてしまうと思うので。マスコミにプライバシーを荒らされたくありません」

岡はそう言うとタブレットを操作して百瀬に画像を見せた。

そこには馬のように長い顔をした和服姿の男の姿があった。

ノック音が聞こえ、返事を待たずにドアが開き、七重がお茶を運んできた。背後では赤ちゃんの泣き声が凄まじい。

泣き声をかき消すように七重が叫んだ。

「星一心《ほしいっしん》じゃないですか！」

七重はお盆を乱暴にテーブルに置くと、「占い師の星一心だ！」と画像を覗き込んだ。

百瀬は応接室を走り出て、野呂の手から泣き叫ぶ赤ちゃんを受け取り、応接室に戻った。赤ちゃんは嘘のようにぴたりと泣き止んだ。

「星一心？」

百瀬はその名を聞いたことがない。

「有名じゃないですか！」七重は興奮気味だ。

「七重さん、占ってもらったことがあるんですか？」

「まさか！」

七重は「庶民は会うこともできませんよ」と言った。

「なにせセレブ界伝説の占い師ですからね」

百瀬がチラと岡を見ると、岡は驚いた顔で百瀬の腕の中を凝視している。

「先生、流行りのイクメンですか？　猫弁はイク弁ですか。さすがですねえ。わたしなんて企業戦士で、育児なんて妻に任せきりでした」

岡は感心しきりという顔をしている。

「一時的にあずかっているだけです。それより、占い師というのは？」

岡はこっくりと頷いた。七重の情報は間違いないようである。

「大きな会社の社長さんや政治家がお客さんなんですって！」

七重は勢いづいてしゃべる。

「以前、テレビに出ていましたよ。新人タレントの今後を占う特別番組です。星一心が住むお屋敷に新人タレントがお伺いに行き、ありがたくお言葉をいただくという三十分番組で、立派なお屋敷を覗き見できるのも楽しかったです。広い広いお屋敷で」

百瀬が岡を見ると、岡はその通りですというふうに目配せをした。

「大河ドラマの裏のゴールデンタイムです」

七重のおしゃべりは止《や》まない。

「三回見ましたけど、続きませんでしたね。ええと、番組名が出てこない。なんでしたっけ、バビブベボの部屋、そう、バビブベボの部屋ですよ」

岡は失笑をこらえながら「バビロニア神殿」とささやいた。

七重は腕を組む。

「星一心、そう言えばここ十年くらい見ていません。占い料金が高すぎて制作費が追いつかなかったんじゃないですか。なにせ星一心はブラック・ジャックですからね」

「ブラック・ジャック？」百瀬は問い返す。

「ものすごい治療費を請求するでしょう？」と七重はしたり顔だ。

聞き捨てならない、と百瀬は思った。

「ブラック・ジャックは富裕層には高額治療費を請求しますが、時には無料で診《み》ることもあります」

岡が口をはさんだ。

優れた作品なので、間違った認識は正さねばならないと思ったのである。

「うちの親父はブラック・ジャックと違い、金にならない仕事はしません。鑑定料は前払いでかなり高額です。超ブラックです。ブラック一心」

「あらまあ、あなた、星一心の息子さん？」

七重の興奮は跳《は》ね上がった。

「まあまあ！　あなたにも霊魂が見えます？　わたしの前世が見えますか？　オーラは何色ですか？　わたし、十三世紀のスウェーデンとかにいたりしませんか？」

百瀬の指示で七重が退室したあと、岡は困ったような顔で言った。

「父はスピリチュアル系ではありません。占星術のほうです」

百瀬は「なるほどそうですか」と頷く。

腕の中で赤ん坊はすやすやと寝ている。

「占星術は古代バビロニアで始まったと言われています。天体の動きと政治や経済を結びつけて運気を占うもので、その流れを汲《く》んだ学問が、西洋にも東洋にもありますね。おとうさまはどちらでしたか？」

岡は首を横に振った。

「占星術について、わたしはよく知らないのです。いわゆる星占いでしょう？　わたしは占いなんて全く信じていません。父の蘊蓄のひとつくらいに思っています。正直言って」

岡は慎重に言葉を選んだ。

「インチキとまでは……言いませんが……よくもまあみんな……根拠のないものに……あんな高額な鑑定料を払うものだと思います……まあでもそのおかげで……わたしら子どもは食うものに困らず、かなり良い暮らしをさせてもらったわけですが」

「星一心さんは占星術をご職業にして、成功をおさめたのですね？」

「ええ、まあ、そうです。収入の面で言えば、大成功の部類でしょう。わたしも妹も小さな頃は父が何をしているのか知りませんでした。家族は入ってはいけない部屋があって、そこへ人が出入りしていました」

「ご自宅でお仕事をなさっていたのですね」

「はじめは出張占いでしたが、権威が高まるにつれ、目白を訪れる客が増えました」

「占いで成功するのはかなり難しいでしょう。万に一人じゃないですか？」

岡は頷く。

「なんでも、株価が暴落した時に、死を覚悟した某企業のトップがふらりと父のところへ来たのだそうです。藁《わら》をも摑《つか》む思いだったそうですよ。で、父の指示通りに動いたら、会社の収益はあっという間に回復したらしいです。作り話みたいでしょう？　本当かどうかは知りません。実際、父に感謝している人は大勢いましたし、中元やら歳暮やらどっさり届きました。経済界の口コミ力はすごくて、顧客は年々増え、政界からも厚い信頼を得ていました。鑑定依頼が殺到し、新規の客は断っていたようです」

「そういうことがあるんですねえ」

百瀬は心底驚いた。億の金を動かす時に占いをよりどころとする人間たちがいるのだ。

「不思議ですよ。高学歴の経済アナリストまでが、父に相談にくるのです。で、父が言った通りにテレビでしゃべって、彼らも高収入を得るんです。金がぐるぐると回るんですよ。回りながら金ってやつは太るんです。テレビ業界にも顧客がいて、父は乞われてテレビ出演しましたが、すでに成功していた父にはメリットはありません。表に出ない仕事のほうがよほど儲《もう》かるのだそうです。そこで、テレビ出演を断るために鑑定料を十倍にしたら、制作会社がギブアップしたと聞いています」

「なるほど……で、ご依頼の件は」

「五美の件です。公正証書には五美が存命のうちは土地建物を売ってはならぬとありますが、五美はいつ……ええと」

岡は言いにくそうに声をひそめた。

「いつ死にますかね？」

岡は言ったあと、ばつが悪そうな顔をして、肩をすくめた。

百瀬は「わかりました」と言った。

「死なない猫がいたら困るということですね？」

「そうなんです」

「まず、以前の五美さんと現在の五美さんが同じ猫であるか、ご実家へ伺って確認してみましょう。しかし問題は残ります」

百瀬は右腕で赤ちゃんをしっかりと抱き、左手で公正証書に触れた。

「この証書には五美とだけ表記しているため、もし違う猫だったとしても、五美という名前であれば、それを世話するものが目白の家に住み続けることができてしまいます。極論を言えば、五美という犬だとしても、所有者は家屋および土地を売ることができなくなります」

「はあ」

「ですから、星一心、本名岡丈太郎さんの居所をつかみ、証書を作った意図を伺うことが肝心です」

「こういう証書って、有効期限があるのですか？」

「公証役場の保管期間は二十年です。遺言に近いものですと、半永久的に保存されます。ただし、公正証書をあらたに作り直せば、新しいほうが有効となります。不安であれば、新しい証書を作り直すと良いです。それにもおとうさまの協力が不可欠なので、星一心さんを探さないと」

岡はやれやれ、めんどうなことになったという顔をした。

「わたしも妹も目白の家に住むつもりはありません。ただし、父が亡くなれば相続します。おそらく妹と共有登記することになります。当然わたしたちに相続税がかかりますし、固定資産税を払い続けることになります。あかの他人が住み続けるために、それを払い続けるのは勘弁願いたいのです」

「おっしゃる通りです。わたしはお屋敷に伺って、まずは猫について調べます。岡丈太郎さんについても手がかりを探してみます」

「よろしくお願いします」

岡は頭を下げた。


岡が帰ってすぐ、ピンポーン、と呼び鈴が鳴った。

野呂はミルクを作ろうと哺乳瓶を睨《にら》みながら「人肌って、何度？」と困惑している最中で、七重が「児童相談所だ！」と叫びながらドアを開けた。

そこにはおでこの広い、長い髪の女性が立っていた。スーツではなく、フェミニンな服を着ている。女性は室内を覗き込み、赤ちゃんを抱いている百瀬を見ると、ほっとしたように笑みを浮かべ、会釈をした。

七重はこわばった声で「ひょっとして、あなたおかあさん？」と言った。

これから責めて責めて責めまくる、という予感がした百瀬は、七重が言葉を選んでいる隙に女性を応接室へ誘導し、ふたりで話すことにした。

応接室のドアを閉め、百瀬がそっと赤ちゃんを渡すと、女性は我が子を抱きしめ、頬ずりをした。

椅子に座るよう促すと、女性は「おっぱいをあげてもいいですか？」と言った。

「どうぞ」と百瀬が言うと、女性は背を向けて椅子に座り、授乳を始めた。

百瀬は「失礼します」と断ってから、女性の肩にブランケットをかけた。

授乳しながら女性は早口で説明をした。

「鍋を火にかけっぱなしだったことに気づいて、急いで家に帰ったんです。この子を抱いたまま走って転んではいけないと思って、先生にあずけてお店を出たんですけど、タクシーに乗ったら渋滞に巻き込まれちゃって」

女性は背を向けたままなので、表情は見えない。

「火は大丈夫でしたか？」

百瀬の問いに、女性は無言だ。授乳に集中しているのか、言葉を探しているのかわからない。やがて授乳を終えて身繕《みづくろ》いをすると、ようやくこちらに顔を見せ、「ありがとうございました」と言った。

「喫茶店に戻ったら、ウエイターさんがこの名刺をくれて」

女性は百瀬の名刺を差し出した。

「お子さんはここにいますって。児童相談所には電話を入れておくから、あなたはすぐにお子さんのところへ行ってあげてくださいと言われました」

女性は屈託《くったく》など微塵《みじん》も感じさせない口調で語る。

「良い子にしていましたよ」

百瀬の言葉に、女性は笑みを浮かべた。

棚の上のゴッホは丸まっている。尻尾は微動だにしない。侵入者を快《こころよ》く受け入れているという意で、極めて珍しいことだ。

百瀬はしずかに尋ねた。

「育児はたいへんですか？」

女性の顔から笑みが消えた。目を伏せ、「全然」とつぶやいた。

「全然大丈夫、この子を愛しているから」

こわばった声で、語尾は消え入りそうだ。

百瀬は微笑んだ。

「また誰かにあずけたくなったら、わたしを思い出してくださいね」

女性はハッとして百瀬を見た。百瀬は微笑んだままだ。女性は笑みを取り戻し、静かに立ち上がった。

「おめでとうございます」

大福亜子は担当会員に微笑んだ。

ここは新宿南口にある都内最大手の結婚相談所である。

創業は昭和二十五年と、古い。縁結びが得意な女性が周囲から「いっそ商売にしたら」と言われて、街角にテーブルと椅子を置き、道行く人々の相談にのったのが始まりである。当時は縁結びだけではなく、結婚全般の相談にのっており、暴力夫と離婚するのを手伝ったり、嫁姑問題を解決したりしていたらしい。

彼女の手腕があまりに見事で、苗字が内須《うちす》ということもあり、「新宿のナイスさん」と呼ばれるようになった。社名はそれにちなんでナイス結婚相談所となる。創業者はすでに亡くなり、今は息子が社長を務めている。

創業七十周年を迎えたナイス結婚相談所の七番室で、勤続六年になる亜子は、担当した女性会員に良い報告ができたことをうれしく思った。紹介した男性会員と先週見合いをし、女性は当日すぐに「ＯＫ」の返事をよこしたが、お相手は返事に時間がかかり、一週間経ってようやく「ＯＫ」の返事が届いたのだ。

亜子はほっとした。

女性会員は四十三歳、職歴がない。親と同居しており、家を出るために結婚したいと言う。

無職というのは、結婚条件として難しいものがある。今は女性にも経済力が求められる時代なのだ。ところが無職の女性ほど男性に高収入を求める傾向があり、この女性も会員登録に訪れた時は「年収一千万以上」を見合いの条件としていた。話し合いを重ねて「年収三百万以上」に下げてもらった。それでやっと見合いにこぎつけたのだ。

見合いで互いに「ＯＫ」となったら、そこから先は二人でデートを重ねて、逐一《ちくいち》報告してもらい、その都度《つど》アドバイスを行い、結婚成立へと並走することになる。まだ油断はならないが、男性は時間をかけて決断したのだ。簡単にぐらついたりはしないだろう。

「うれしいです」女性は満面の笑みを浮かべた。

登録当初と違って、ずいぶんと明るく、若々しくなった。亜子のアドバイスに従って、髪型や服装にも気を配るようになり、今は年齢よりも若く見え、輝いている。今日の良い結果も彼女の美しさの一助となり、今後ますます輝きを増すだろう。

亜子はまぶしい思いで女性を見つめる。

「次のお約束は当事者同士でということになります。おふたりで豊かな時間を重ねていただき、将来について少しずつ話し合っていただければと思います」

女性はにこやかにうなずくと、言った。

「ごめんなさい、お断りします」

亜子は自分の耳を疑った。「うれしいです」から「ごめんなさい」の流れって何だろう？

女性は「断る」と言ったわりに、瞳が輝いている。

「昨日、同窓会があったんです。高校の同窓会です」

これを話しに今日は来たのだ、というように、女性は身を乗り出す。

「わたしって、高校時代は暗黒だったんです。ニキビがひどくて太っていたし、打ち込むものもなく帰宅部で、青春なんてなかった。だから同窓会も行ったことなかったんですけど、大福さんが言ってくれたじゃないですか。人と会ったり、しゃべったりするだけでも気持ちが明るくなって、表情が変わりますよって。今回初めて勇気を出して行ってみたら、思いがけず歓迎されたんです。周囲から綺麗になったねってちやほやされました」

女性は思い出したようにうふふと笑う。

「高校時代にモテモテだった女子が、子育てのストレスですっかりおばさんになっちゃってて、育児で日焼けしたのか、シミも化粧で隠せないほどでした。わたしは長年ひきこもっていましたから、肌には自信があるんです。なにしろ、大福さんのおかげですよ。パーソナルカラー診断してくれたじゃないですか。わたしに似合う色はブルー系だとわかって、青い服を着るようになって、そしたら顔映りがよくて、ピンクのルージュも似合うし、気分も上がって」

「ええ、お似合いですよ。今日のお洋服も。あの……でもどうして、この男性会員とのおつきあいを断るんですか？」

「つきあってくれって言われたんですよ。同窓会の二次会で」

「昨日の？」

「ええ、昨日です」

「それは……あの……どのような方なんですか？」

「野球部のエースです。というか、でした。今はお腹出ちゃってますけどね。バツイチで養育費払っているから、お金がないと言ってます。離婚で居づらくなった会社を辞めたばかりらしくて、ハローワークに通っているんですよ、サ、イ、ア、ク」

「それではこちらの条件に合いませんよね」

「ええでも、再会してたったの二時間で、つきあってくれと言ってくれたのです。お見合いの相手は返事に一週間もかかりました。わたし、その間とても苦しかったです。断るのにすぐだと悪いと思って、時間をかけているのだと思っていました。時間をかけてＯＫの返事がくるとは思わなかったです。だから、もちろん今日もらった返事はうれしいです。でもわたし昨夜、野球部のエースにハイって返事しちゃったんです。そしてあの……そのまま……ふたりで会を抜けて……」

　女性の肌は輝き、目は潤《うる》んでいる。

　亜子は「おつきあいが始まったんですね？」と問うた。

「はい」女性は誇らしそうに顎を上げる。

「元野球部のエースのかたと、ですね？」

「ええ、今は無職のデブです。アハハハハ。わたしはでも、彼にかけてみたいのです。たった二時間で決断してくれた彼に、胸がきゅんっとしたんです」

幸せいっぱい、という顔である。亜子は同性として、彼女の気持ちが痛いほどわかる。胸きゅんはどんな理屈をも覆《くつがえ》す力を持っているのだ。

亜子もそうだ。中学生のとき、法廷で猫屋敷の老婆の立場を丁寧に語り続ける百瀬太郎の姿に胸がきゅんとして、以降きゅんのパワーで今があると言っていい。

「わたし、働こうと思います。初デートはハローワークです」

女性は満面の笑みで会員証をテーブルに置いた。

「今までお世話になりました」

「退会されますか」

「はい！」

男性の年収にこだわっていた頃とは全く違う、きらきらした瞳。女性が退室する際、亜子は冒頭と同じ言葉を贈った。

「おめでとうございます」

心の中で「お幸せに」とつぶやきながら、笑顔を保った。

ドアが閉まると、さっそくパソコンで退会処理をしようとして、ふと思いとどまり、処理を一ヵ月遅らせることにした。彼女のきゅんは昨夜のことである。すぐに「あのきゅんは長く続かなかった」となるかもしれない。きゅんはパワーがあるが、消えるときは一瞬だ。会員証はしばらくの間自分が預かっておこう。

　内線電話がかかってきた。

「大福さん、赤坂《あかさか》さんという方が面会にいらしています」


　応接室のドアを開けた亜子は、一瞬、それが誰だかわからなかった。

「亜子先輩、わたしですよ、寿《ことぶき》　春美《はるみ》です」

　懐かしい美声に、亜子は素《す》っ頓狂《とんきょう》な声を出した。

「春美ちゃん？　春美ちゃんなの？」

　春美はかつてこの事務所に勤めていた五つ年下の後輩である。

　一年前に外交官の赤坂隼人《はやと》と見合い結婚をし、夫の赴任先のミャンマーへと旅立った。寿は旧姓で、今は赤坂春美である。

　赤坂隼人を紹介したのは亜子で、高校の同窓生なのである。治安のよくない国への赴任が決まり、配偶者を探していた赤坂から「いい人紹介して」と頼まれ、困っていたところに「わたしが」と手を挙げたのが事務所をクビになったばかりの春美だ。赤坂は急いでいたし、春美は居場所を探していたので、あっという間に結婚が決まった。

　野心家で起業の夢を持っていた春美は、式も挙げずに身一つで嫁いだ。外交官夫人として家事労働に月三十万を夫に要求し、契約書まで取り交わしているそうだ。

そんな春美の結婚生活を亜子は内心危《あや》ぶんでいた。

以前はまるまると太っていたのに、目の前の春美はほっそりとしている。上質なスーツに身を固め、エルメスのバーキンを膝に載せて、別人のようである。声は以前から美しく、容姿がそれに追いついた。

外交官夫人そのものだ。

「受付でもみんな、わたしってことに気づかないんですよ」

春美は口を尖《とが》らせた。

「自分をクビにした会社に来るわけですからね、バーキン持って来ましたよ。故郷へ錦《にしき》を飾るって言いますけどね。どうだいって、見せびらかしたかったんです。なのに誰も寿春美と気づきやしない。がっくりですよ」

「こんなに綺麗になっちゃったら、わからないわよ」

亜子は突っ立ったままだったのに気付き、春美の前に腰を下ろした。

「急に帰国？　赤坂くんは？」

「隼人はミャンマーに置いてきました」

「まさか……」

「離婚じゃないですよ。三年は離婚しない契約ですからね。まあいろいろと説明は長くなるので、あとでまた」

亜子はほっとすると同時に、ひさしぶりに会えた喜びがこみ上げてきた。

「会えてうれしい。いつまで日本にいられるの？」

「うーん、そうですねえ」

「ご実家には顔を出すでしょう？」

「実家へは行きません。帰国したことも知らせてません。春は収穫で忙しい時期なんで、手伝えってことになりますからね。こっちで落ち着いたら電話でもしておきますよ」

「こっちで落ち着くって、どういうこと？　しばらく東京にいるの？」

「それより先輩、今月のナイスさん」

春美は亜子の胸に光る金色のバッジを指差して言った。

「相変わらずトップなんですね」

ナイス結婚相談所では、成婚率トップの職員を『今月のナイスさん』と表彰し、金のピンバッジを貸与《たいよ》する。亜子の制服のベストにはナイスさんバッジが輝いているのだ。

「夫は弁護士バッジ、妻はナイスさんバッジ。どちらも左胸に金印。お似合いの夫婦ですね」

「まだ結婚してないから」

「ところで、この子のことなんですけど」

春美の横に、小柄な若い女性がいた。あまりにも静かで、体も小さく、存在感がない。別の職員の客だと亜子は思っていた。

ショートカットで日に焼けた顔。小さな体で大きなリュックを抱いている。ユーカリの木に抱きついているコアラのようだ。なにかこう、ぼんやりとして、放心状態のようにも見える。

「この子、どうしたものでしょう？」と春美は言う。

「何言ってるの、春美ちゃん」

「亜子先輩、この子、どうしたらいいですか？」

「ごめん、話が見えない。ミャンマーから連れて来たの？」

「さっき道で拾ったんですよ」

「どういうこと？」

「わたし、成田《なりた》からタクシーでここを目指してきたんですけど」

「え？　春美ちゃん、空港から直接来たの？　荷物は？」

春美はバーキンを掲げて「これだけです」と言った。

きょとんとする亜子をよそに、春美は話を続けた。

「成田から新宿への近道が事故渋滞だったんですよ。で、北に迂回《うかい》したんです。ちょうど早稲田大学の正門前を通った時、おばあさんが無理な横断をしていたんですよ」

「それで？」

「わたしが乗ったタクシーは停まったんだけど、ほかの車はおばあさんの前後をばんばん通り過ぎてて、危なっかしいなと思っていたら、この子が、リュックを道端に放って駆け出して、おばあさんを背負って、横断したのです」

「まあ、すばらしい！　勇気あるのね」

　コアラは亜子の声が聞こえていないのか、目が死んでおり、黙ったままリュックを抱きしめている。

「勇気ある？　ダメですよ」と春美は言う。

「リュックから手を離しちゃダメです。昔の日本はそれでよかったけど、今の日本はダメです。治安が国際化してますからね。この子、似てると思いました」

「似てるって？」

「まるで猫弁じゃないですか。人のためにはがんばるけど、自分の足元はグラグラってやつです」

「百瀬さんみたい？　うふふ」

「褒めちゃいませんよ！」

　春美はぴしりと言った。

「案の定、自転車で通りかかった男がリュックを拾ってぱーっと行っちゃいました」

「え？」

「盗まれたんですよ。彼女はおばあさんを運んでいる最中で気づいていませんでしたけど。わたしと運転手は目の当たりにして、同時にあっと叫びましたよ。わたしは運転手に言いました。あの自転車を追ってくれと」

「まあ！」

「運転手はよしきたとアクセルを踏みました。刑事ドラマみたいで腕がなるって、張り切っていました。ガーッと追いかけましたよ。自転車と車ですから勝負は見えています。泥棒のやつ、気づいて路地に入ろうとしました。小賢しい奴です。タクシーは停車して、これ以上は無理ですって言うので、わたしは降りて叫びました。ドライブレコーダーに映っているから、警察に通報してやるって」

「さすが春美ちゃん」

「したら泥棒のやつ、言い返して来やがりました。落とし物を交番に届けるつもりだったんだと。めんどくせえ、あんたが届けろやと叫んで、このリュックを投げてよこしました」

「まあ！」

「無事リュックを確保してタクシーで正門前に戻ったら、この子がへたりこんでいたのです。リュックを渡したら、抱きしめて離さない。家まで送ると言ったんですけど、ショックで口がきけないみたいで。ほうっておけず、とりあえずここへ連れてきました」

「まあ……」

亜子は女性を見つめた。少女というか、少年にも見え、未成年のようだ。おばあさんを助けたのに、善行中に所持品を盗まれるなんて、ひどすぎる。心が傷ついているだろう。

亜子は応接室の給湯器でお茶を淹れ、ふたりの前に置くと、「ここでしばらく休んでいくといいわ」と言った。

春美はお茶をひとくち飲むと、「ところで」と亜子を見た。

「亜子先輩、猫弁アパート、どうですか？」

「え？　ああ……昨日やっと引っ越したんだけど、まだ荷物が収まらなくて」

「全部で何部屋あって、今、何部屋埋まっています？」

「八部屋あるけど、一階の四部屋はオーナーが置いていった古道具でほぼ埋まっていて、使えるのは上の四部屋だけなの。そのうち空いているのは一部屋だけよ」

「半分も無駄にしてるなんて、バカなことを。梅園光次郎《うめぞのこうじろう》のやつ」

春美は毒づいた。

梅園光次郎はアパートのオーナーで、以前はここの会員でもあった。春美が担当していたのだ。なんだかんだとぶつかり合いながらも息が合っていたように亜子には見えた。春美は梅園の財産を狙っているようなことも言っていたが、今では外交官夫人である。わからないものだ。

「オーナーの梅園さんは今、故郷の熊本《くまもと》で息子さんと暮らしていて、アパートの管理は百瀬さんに任されているの。でも、百瀬さんは弁護士業務で忙しいから、休みの日にアパートの周囲を掃除したり、家賃の管理をするくらいで、入居者募集の広告にまで手がまわらないのよ」

「掃除って、先輩も一緒にやるんですか？」

「ええ、もちろん。引っ越す前から手伝ってた。草むしりとか」

敷地の掃除を一緒にするのは亜子にとって幸せな時間である。まだ結婚していないのに、すでに隠居夫婦のようなまったりとした時を過ごしている。

「いくら貰ってます？」と春美は言った。

「え？」

「草むしり代」

「お金なんて、まさか」

「ダメですって、タダ働きは。空き部屋もよくありませんね」

春美はお茶を飲みきると、言った。

「わたしがその二階の空き部屋を借りましょう」

「え？」

「しばらく東京に腰を据えるので」

「でも」

「下の四部屋も整理して、入居者を増やしましょうよ」

「え？」

「猫弁は猫弁に専念してもらい、わたしが大家代行を引き継ぎます。その分、家賃を免除してもらおうっと」

「あの、春美ちゃん？」

「大丈夫です、交渉は自分でできます。熊本へ電話して、ぱぱっと決めますから」

応接室はしーんとした。

「一緒に暮らせるのはうれしいけど」

亜子は慎重である。

「アパートを見てから決めたらどうかな。あまり好きなタイプではないと思うよ」

バーキンを持ち込めるような部屋ではないと亜子は思った。外交官夫人の住居には不向きである。実際に引っ越してみてわかったが、六畳一間に荷物を収めるのは難しい。物が入りきらず、下の階にも置かせてもらっている。部屋にまだある段ボール箱の中身をどうしようか、頭が痛い。

春美はにやりと笑った。

「大丈夫。好みのタイプにリフォームしますよ」

「えっ」

「まず、見積もりを立てなくては。オーナーにリフォーム代を請求します。アパートを全室リフォームして満室にすれば、結局は儲かるんだから大丈夫。梅園さん、よくやったと褒めてくれますよ」

「春美ちゃんたら」

亜子は、春美が帰ってきたのだと実感した。このバイタリティ、このユニークな発想、まさに春美節健在である。

「楽しみだわ」と心から言った。

すると春美は真面目な顔で言った。

「実はわたし妊娠五ヵ月なんです」

「ひえっ！」

亜子は思わず口を押さえた。妙な声が出てしまった。

「つわりでずいぶん痩《や》せちゃいました」

春美はささやかにふくらんだ下腹部に手を当てた。

「食欲は復活したのでこれから体型は戻ると思います。隼人が紛争地にいてはいけない、日本で産んでくれと言うので、帰国したんです。実家は知っての通り農家で、妊娠中だって休んではいられません。母は臨月まで大根を引っこ抜いていたと、ことあるごとに武勇伝を語ってますしね。嫌ですよそんなの。少子化の昨今、妊婦は大切に扱われてしかるべきです。残る五ヵ月、妊婦の特権を極限まで有効活用しなければ」

春美は鼻息荒く言う。

「わたし、東京で産むことにしたので、亜子先輩、よろしくお願いしまーす！」

亜子は言葉を失った。

春美のお腹に赤ちゃん！

今朝は喫茶エデンで赤ちゃんを抱いた。

あっちにも赤ちゃん。こっちにも赤ちゃん。亜子はひとり取り残されたような気がした。

その時、細く消え入りそうな声が聞こえた。

「おめでとうございます」

コアラが顔を上げ、春美を見つめている。混じり気のない、澄んだ瞳だ。

「しゃべった……」と春美はつぶやいた。

第三章　檻の中

正水直は歩いていた。

黒いリュックを背負い、手には手書きの地図を握りしめている。

街は夕日に染まり、排ガスまじりの埃《ほこり》っぽい風が直の丸い頬を吹き過ぎてゆく。

てくてくてくてく、ひたすら歩く。直は幼い頃からよく歩いた。歩けばたいがいの憂《うれ》いごとは小さくなる。失くすことはできないが、見えにくくすることはできるのだ。あの時も、その時も、直は歩いた。

歩きながら考えた。この地図を信じて良いものだろうか？

リュックを取り返してくれた赤坂春美。

結婚相談所職員の大福亜子。

ふたりに喫茶店に連れて行かれて、ランチをご馳走《ちそう》になった。ほっとできる落ち着いた店でナポリタンを食べながら、事情を聞かれた。大学進学のために東京へ来たこと、入学するつもりだった大学に落ちていたこと。ナポリタンの味に気が緩んで、聞かれるままに話してしまった。ナポリタンは父の味がした。お昼によく作ってくれた甘いケチャップ味のスパゲティ。

「これは猫弁案件ですね」と春美は言った。

「そうね。警察へ届けるにしろ、まずは百瀬さんに相談したほうがいいと思う」と亜子が同意した。

「今からわたし、猫弁のところへ連れて行きます」

春美がそう言うと、亜子は仕事に戻るそうで、「そうしてくれる?」と言った。

ふたりとも直の意向はおかまいなしである。

「ネコベンって何ですか?」と尋ねた。

「弁護士よ。国家資格を持っている、ちゃんとした弁護士」

亜子は誇らしげであった。

弁護士なんてとんでもない、と直は思った。弁護士は「高い」のである。気位、そして相談料が高い。それはもう経験として直は知っているのだ。

百万円を失った上に、もう一円たりとも失うのはごめんだ。

「弁護士には会えません」と言った。

会った瞬間から分刻みでお金がかかる。それが弁護士というものだ。

ところが春美は「お金は心配ない」と言う。

「わたしたちはウルトラCが使えるのよ」

「ウルトラC？」

「亜子先輩は猫弁の彼女なの。男たるもの、彼女の友達からお金取れないでしょ」

「ちょっと春美ちゃん、それは違う。仕事とプライベートはごちゃ混ぜにできない」

亜子は春美を窘《たしな》めつつも、直に向かってにっこりと微笑んだ。

「安心して、正水さん。彼は必ず良いアドバイスをくれるし、警察に被害届を出すのを手伝ってくれる。あくまでもアドバイスで、弁護ってことじゃないから、お金は取らないと思う」

つまりふたりとも、「ただで弁護士に相談に乗ってもらえ」と言うのだ。

直はふたりとのへだたりを感じた。

彼女たちは幸運なのだ。弁護士を必要とする人生ではなかったのだ。法廷で戦うだけが弁護士の仕事ではないということを、直は知っている。

春美は「タクシーで一緒に行こう」と言ったが、直は「歩いて行きたい」と断った。このまま流れで弁護士に会うのは危険だと思い、「車は苦手なんです」と言ってみた。

「車酔いするタイプ？　だからさっきはしゃべれなかったんだね」と春美は解釈したようである。

「歩いてすぐよ」と亜子が地図を渡してくれた。スマホを持たない直が迷子にならずにたどり着けるように、地図を描いてくれたのだ。

その地図に春美がひとこと書き足した。

「黄色いドア」と。

「目印は黄色いドアだからね」ふたりは声を揃えて言った。

亜子は仕事に戻り、春美は「先に行って事情を話しておく」とタクシーに乗った。

ひとり歩き始めてから、一時間が経った。

地図上では十五分で着く場所である。直は目的地の半径五百メートル以内をぐるぐると歩いているのだ。黄色いドアを開けるべきか否か、迷っている。

春美も亜子も出会ったばかりの人である。リュックを取り戻してくれた恩人とは言え、どこまで信じてよいかわからない。

腕章の男に「繰上げ入学がある」と言われて、信じてしまった。その男からの「合格しました」の電話を信じてしまった。背負った老婆からは罵倒されるし、リュックを地面に置いただけで盗まれた。

東京は油断できない。

亜子と春美は親切そうで、一緒にいて心地よかった。が、信じて良い人なのかどうかわからない。好き嫌いで言えば、好きだ。けれど、腕章の男も好青年に見えた。いかにも東京の人というルックスでありながら、やわらかな口調で、優しい目をして、魅力的だった。

直は自分の「好き」にすっかり自信がもてなくなった。自分は見る目がない、それは確かなことだ。

幼い頃から父と仲が良かった。母は定規で引いたような生真面目さがあり、働き者だ。父はお酒と朝寝坊が好きで、竹とんぼ作りとコマ回しが得意だ。そして人を笑わせるのがうまい。だから直は子どもの頃から、母より父が好きだった。

けれど……。

直が「好き」なものは……ダメなのだ。

今では父は我が家の恥である。あの父の娘と知られたくない。だから東京で生き直したかった。その願いはもう……叶わないのだ。

日が落ちた。直は歩きながら地図を見る。

「目印は黄色いドアだからね」

ふたりの言葉が蘇《よみがえ》る。

直は気付いた。もう失うものはない、と。

このまま家へ帰るわけにはいかないのだ。「大学は落ちてました」などと、母に報告することはできない。受かったと知った時、生真面目な母が「万歳」と叫んで笑顔を見せた。目は潤んでいた。そんな母に「百万円騙し取られた」とは死んでも言えない。

ならば行くしかないのではないか。

顔を上げると、遠くに黄色いドアが見えた。

すさまじいイエローだ。危険な匂いがする。

が、行くしかない。足が重たい。ゆっくり、のろのろ、歩く。近づくにつれ、ドアの前に人が立っているのが見えた。一瞬、父かと思った。父はよくああやって直の帰りを待っていた。

近視なので目を細めて見ると、黄色いドアの前には五十歳くらいのおばさんが立っている。

「直ちゃんですかあ？」とおばさんは叫んだ。

なぜ、都会の真ん中で大声が出せるのだろう？

直は恐る恐る頷いた。

おばさんは黄色いドアを開け、中に向かって叫んだ。

「来た来た！　直ちゃん無事ですよ！」

黄色いドアは直が開ける前から開かれており、その先は奇妙な世界であった。

あちらにもこちらにも猫がいるのだ。

春美は「迷ったの？　心配したじゃない」と言いながらも、お煎餅《せんべい》を食べ続けているし、祖父くらいの年齢の男性が「いらっしゃい」と言いながら、やかんに湯を沸かしている。

直は首を傾げた。

東京では猫カフェなるものがあると聞くが、オフィスでも猫を放牧するのが流行っているのだろうか。

　中央のデスクで書類に埋もれているのが、猫弁？　つまり、大福亜子の婚約者であるところの弁護士のようだ。こちらを見ると立ち上がった。なんだかもっさりとしている。亜子よりもひとまわりは年上に見え、寝癖なのかくせ毛なのか、ひどくおさまりの悪い髪型で、古そうな黒ぶちの丸めがねをかけている。

　これが東京の弁護士？　父よりもダサい。

「弁護士の百瀬です」

　生まれて初めて、名刺をもらった。

　中年女性にリュックを下ろすように言われ、座るように指示され、オフィスの椅子をひとつ差し出された。

「秘書の野呂です」

　お茶を机に置きながら、男性が名乗った。続けて中年女性が「わたしは仁科七重」と言った。

「正水直です」とこちらも名乗ってみた。

「どう書くの？」

　七重にペンを渡され、差し出された紙に名前を書いた。

　正水直。七重は感心しきったようにその文字を見つめた。

「すがすがしい名前だこと。うっかり水を書き忘れると、正直になるのね」

「うっかり水を書き忘れるなんてことは、普通ないでしょう」と野呂が口を挟む。

「ないと言いきれますか？」と七重は言い返す。

「じゃあ、七重さんは七を書き忘れることがありますか？」

「七はないけど、仁科の科は忘れるかもしれません」

「実際に忘れたことはないでしょう？」

「まだ五十二年しか生きてないんですから、これから先はあるかもしれませんよ」

おかしな事務所だと直は思った。

春美がささやく。

「さっき聞いたことは全部伝えてあるから」

直はほっとした。繰り返し説明するのは辛い。迂闊《うかつ》な自分に、地団駄《じだんだ》を踏みたくなるから。

百瀬は言った。

「まずは被害届を出しましょう」

直は消え入りそうな声で尋ねた。

「被害届ってどこに出せばよいのですか？」

「警察です」

「警察にはちょっと」

直が口ごもると、春美が口をはさんだ。

「さっきから警察は嫌の一点張りなんですよ」

百瀬は直の顔を覗き込む。

「正水さんはこれから先、どうしたいと思っていますか？」

直はハッと息をのんだ。

丸めがねの奥の瞳は澄んでおり、直が知っている弁護士とは違う目をしている。第一、気位が高くない。「どうしたい？」と聞くなんて、意外過ぎる。大人はたいていああしろこうしろと上から指図するものである。

七重が何か言いかけるのを百瀬が手で制した。

「まずは正水さんの気持ちをお聞きしましょう」

しばらくの沈黙のあと、直はつぶやいた。

「ぶどうは上のほうがおいしい」

「ぶどう？」

反応したのは七重だ。

「上ってどっちが上なの？」

「枝にぶら下がっている状態で、上のほうです。肩とも言います。肩のほうほど甘みが強いのです」と直は言った。

七重は自分の肩を触りながら、「知らなかった！　ぶどうの産地から来た子が言うのですから、そうなんでしょうねえ、良いこと聞いちゃった」と言った。

百瀬は黙って微笑んでいる。

直は百瀬に問うた。

「先生は、どちらから食べます？」

百瀬は「下から食べます」と答えた。

「ブッブー」

七重が口を挟んだ。

「今の聞いてなかったんですか？　上のほうがおいしいんですよ。おいしいほうから食べないと、損をしますよ」

すると野呂は言う。

「ひとりものですとね、ひと房をひとりで食いますから、下から攻めていって、最後にうまい肩を食う。その戦略ですよ。ね、先生」

百瀬は微笑み、何も言わなかった。でも、直にはわかった。この弁護士は人においしいところを譲る人間なのだと。

父は必ず下から食べた。娘や妻においしいところを譲る人だった。

直は心のドアの鍵を開けた。が、まだドアを開ける気にはなれない。

「わたしは、どうしたいか、わからないんです」

直はさっきの問いにやっと答えた。これが正直な気持ちであった。

百瀬は頷いたあと、再び尋ねた。

「お金を取り戻したいと思いませんか？」

「それはもう……」

取り戻せるものなら、と直は心の中でつぶやく。

「実際には振り込め詐欺被害の場合、お金を取り戻すことは難しいです」

百瀬は淡々と話す。

「特に正水さんの場合は振り込んでから日にちが経っていますので、すでに犯人は金を引き出している可能性が大きい。さらにやっかいなことには、口座名義人イコール犯人とは限らないのです」

「どういうことですか？」と七重が尋ねた。

「振込先の口座名義人も被害者の場合がほとんどです。カードを落としたり、盗まれたりして、口座を悪用されるケースです。ですから、振り込め詐欺は犯人を特定するのが難しいのです。ただ、もし犯人が特定できた場合、振り込め詐欺救済法により、犯人の財物から被害額の割合に応じて分配金を受け取ることができます」

「お金が取り返せるんですか？」と七重が尋ねた。

「全額は難しいかもしれませんが、ある程度戻る可能性はあります。分配金を受け取るためには警察に被害届を出すとともに、金融機関にも通報しておく必要があります。できるだけ早い方がいい。そして、被害届を出すには、証拠集めが必要です」

七重は「え？」と驚いた。

「証拠集めですって？　それ、自分でやるんですか？　刑事みたいに？」

「難しいことではありません。通話履歴や、振り込めと言われた口座番号のメモなど、被害者側で用意できる証拠を失くさないようにして、被害届を出す際に、情報として伝えられるようにしておくのです」

直はずっと黙っている。春美が煎餅をかじる音が響く。

「食べづわり、ってやつね」と七重は言う。

「食べてないとムカムカするんでしょ。でもお煎餅は塩分過多ですから、ほどほどにしなさいね」

春美は「はーい」と言って食べるのをやめると、「やっぱりさ、警察に行こうよ」と言った。

直は首を横に振る。

「なぜそんなに嫌かなあ」春美は肩をそびやかす。

直は挑むように百瀬を見つめて言った。

「父が刑務所にいるんです」

事務所内は水を打ったようにしいんとした。

「だからわたし、警察は苦手です」

直は静けさが恐ろしくて話し続けた。

「わたし、不利になると思う。受刑者の娘だから」

それだけ言うと、直はうつむいた。足元には太った黒い猫がいて、しきりに直のスニーカーを舐めている。ざりざりざりと小さな音が続く。猫は変わらないが、ここの人たちの空気は変わるだろうと、直は覚悟した。

静けさを破ったのは百瀬である。

「わたしの母も刑務所にいます」

直はビクッとし、黒い猫はそれに驚いて毛を逆立てた。

「わたしは受刑者の息子ですけど、特段不利益は被《こうむ》っていませんよ」と百瀬は言った。

直は恐る恐る顔を上げた。

丸めがねの奥の瞳はさっきと変わらず澄んだままである。

「不利益は被っていますよ」

口を挟んだのは七重だ。

「結婚式がキャンセルになったじゃないですか。三年も延びたんですよ。残念でなりません」

直は大福亜子の顔を思い出した。

苦労知らずに見えたあの人は、婚約者の母が刑務所に入ったので、結婚が延びてしまったのだ。なのに不幸の影はなく、婚約者を好きで好きでたまらないという思いがあふれていた。

七重は怒ったような目で直を見た。

「何をやってるの、あなたは。不利益は既に被っているんですから、これ以上被ってはいけません。お金を取り戻す方法があるなら、やってみるべきですよ。だって取られたのはあなたのお金ではなく、おかあさんのお金でしょう？　おかあさんが苦労して貯めたお金なんでしょう？　百瀬先生の言う通りにやるだけやって、それでもだめだったら、帰って、おかあさんにごめんなさいって謝りなさい。まったくもう、被害にあっておきながら、どうしたいもこうしたいもありませんよ」

七重は次に百瀬を睨んだ。

「百瀬先生もどうかしていますよ。この子は子どもなんですから、子どもが途方に暮れているのですから、そういう時は、ああしろこうしろとこっちが決めてあげなくちゃいけません」

「七重さん、もうそのくらいで」と野呂はささやいた。

直の手の甲が濡れている。

記憶にある限り無縁だった涙が、今、直の丸い頬をつたっている。

ほと、ほと、と涙がこぼれてゆく。

涙は悲しい時ではなく、ほっとした時に出るのだと、直は気付いた。

「足元、気をつけてね」

「大丈夫です」

正水直は大福亜子と息を合わせながら大荷物を抱えてアパートの階段を上った。上りきると春美が待ち構えており、オーライ、オーライと大きく手を振りながら誘導する。

ここは百瀬が大家代行をしているアパートである。近くに下町の風情が残る商店街があり、このあたり一帯はタイムスリップしたように昭和の匂いが漂っている。

日は落ちたが、街灯が煌々《こうこう》として、寂しさを感じない。

空室だった二〇四号室に荷物は運び込まれた。すでに同サイズの荷物がワンセット運び込まれており、六畳一間のスペースは半分埋まってしまっている。

「これで今夜はふたりここで寝られるわね」亜子は満足げに微笑んだ。

春美は荷物を見ながら呆れ返っている。

「なんでこのアパートに客用布団が二組もあるんですか？　しかもこれ羽根布団だし、かなり上等なやつですよね」

亜子はさっさと荷解きを始める。

「結婚式の日取りが決まった時、父と母が嫁入り道具を一式用意してくれたの。その一部よ」

「一部？」

「桐《きり》のタンスとか化粧台とか、いろいろと。わたしに内緒ではりきって揃えたみたい」

「親が勝手に？　伊勢丹とか、髙島屋とか行って？」

春美は呆れたように肩をすくめた。

直は伊勢丹と聞いて、今朝見かけた御殿のような建物を思い出す。家具も売っているとは知らなかった。甲府には岡島《おかじま》百貨店と山交《やまこう》百貨店という歴史あるデパートがある。自由になる金が限られていた父は、「伊勢丹はデパートの王様」と宣い、「地元の百貨店で買い物なんて」と負け惜しみを言っていた。去年、山交百貨店は閉店してしまった。母は山交びいきで、残念がっていた。

「デパートじゃなくて、大塚《おおつか》家具よ」と亜子は言う。

「店員さんが丁寧に対応してくれるから、父ったらすっかりいい気分になって、いっぱい買っちゃったらしいのよ。老後の資金をこんなに使っちゃってと、母がこぼしてた」

大塚家具ってニュースになるような大きな会社だ。東京ではニュースと生活がリアルに結びついているのだと、直は感心した。

「おとうさん、小学校の校長先生だったんでしょ。公務員って退職金がいいのかな」と春美が言った。

この人はすぐにお金と結びつけて考えるな、と直は思った。

自分にもそういうところがあるので、親近感が持てる。対して亜子はお金に無頓着《むとんちゃく》というか、鷹揚《おうよう》である。そのぶん気配りが行き届いているため、出会ったばかりの直が理解できるようにさりげなく会話を進めてくれる。だから疎外感を持たずに済む。あたたかい人だ。

直は百瀬太郎に会ってから、すっかり緊張を解いてしまった。亜子も春美も好きだし、好きだから信じる、それでよいのだと思えた。

　亜子は言う。

「父は定年で校長を辞めてから、嘱託《しょくたく》として小学校で教えてたんだけど、現場で子どもと接するのが好きだから、すごく楽しかったみたい。管理職のストレスから解放されて、人当たりもずいぶん丸くなった。でもね、一度でも組織のトップになって、敬われる経験をしちゃうと、そういうの、麻薬みたいな快感があるらしいの。大塚家具で久しぶりに丁寧な扱いをされて、お財布の紐が緩んじゃったみたい」

「で、あれやこれや買っちゃったというわけか」

「高級品ではないのよ。適正価格の良品家具。けど、３ＬＤＫくらいの器がないと入らない。だからほとんど実家に置いてあるんだけど、実家だって、そう広くはないし、お客様用の布団は自分たちで使えって、送りつけてきたのよ。この布団が父の書斎を埋めていたみたい」

「じゃあこれ、猫弁と亜子先輩の布団？　なら自分たちで使えばいいじゃない」と春美は言う。

　亜子は首を横に振った。

「自分用に安くてコンパクトなのを買っちゃったのよ。とにかく部屋が狭いから、こんなふかふかなの、邪魔なだけ。押し入れが埋まっちゃうでしょ。いつか新居に引っ越す時のためにと思って、アパートの下の階に置かせてもらったの。下は大家の梅園さんが置いていった家具やら荷物で埋まってて、倉庫みたいになってるでしょ。そこは住人も倉庫として使っていいことになってるの。わたし、ずっと実家暮らしで、六畳一間に暮らすのなんて初めてだから、自分のものが全部入りきらなくて、まだほかにも下に置かせてもらってるのよ」

「たとえば？」

「服や靴。衣装ケースに入れて下に置いてある」

　このアパートは、二階の東の端に百瀬、隣には入居者がおり、その隣に大福亜子がいて、空いていた西端の二〇四号室を春美が借りることに決まった。直は百万円問題が解決するまで、春美の部屋に居させてもらうことにした。

　二〇四号室はカーテンすらない状態であるが、大家代行の百瀬の手により掃除は隅々まで行き届いており、そこに真新しいふかふかの羽根布団が敷かれた。シーツもカバーも枕も新品である。

「うわー、夢のようだなあ。旅の疲れが取れるう」

　春美はさっそく布団の上に大の字に寝転んだ。亜子はにこにこ顔である。

「あの……」

　直はおずおずと申し出た。

「大福さんが今使っているお布団をわたしがお借りして、大福さんがこのお布団でお休みになる、というのはいけませんか？」

「どういうこと？」と亜子は問う。

直はわずかに残った畳のスペースに正座をして、気持ちを伝えた。

「大福さんのご両親が娘さんのために用意したお布団を居候のわたしがお初に使わせていただくのは、心苦しいのです」

「居候？」と春美がつぶやく。

もうすっかり布団の上でくつろいで、ストッキングを脱ぎかけている。

「わたしも居候かな？　遠慮すべきだった？」

「春美さんは違います。このお部屋を借りたのですから世帯主ですし、それに、お腹のお子さんのためにも、良いお布団でゆっくりなさってください」

「うん、そうだよね」と言いながら、春美はストッキングを脱ぎ捨てると、再び大の字になった。上等なスーツを着たまま大の字になっている姿は滑稽で、直はコントを見ているような気持ちになる。

「ここに住むことは、猫弁に許可を貰ったからね。家賃交渉はこれからだけど、値切れるだけ値切ってやる！」

春美は天井に向かって挑戦状を叩きつけるように言った。

「遠慮は要らないわ」

亜子は直に微笑んだ。

「あなたはこの部屋の世帯主である春美ちゃんのお客様なのだから、客用布団に寝る権利があります」

「でも……」

直はどうにも気が進まないのであった。娘のためにと借金までして百万円をこしらえた母の顔が目に浮かぶ。あの金が赤の他人に横取りされたと知ったら、どれほど落胆するだろう。直は己の体内にまだ黒いガスがたまっているのを自覚した。

と、その時、いきなり肩にずしりと重みを感じ、ちくっと、皮膚が痛みをもった。

心臓がばくっと大きな音をたてる。

何事?

「あら、テヌー」亜子は微笑んだ。

肩に乗ったのが猫と気づくのに、直は数秒を要した。亜子が抱きとったそれは、黒とか茶色が不規則に混ざったなんともいえない、そう、かなり残念な柄の猫であった。まぜこぜの柄に埋没して目鼻も判別できない有り様だ。

「この子は百瀬さんの猫。名前はテヌーと言うのよ」

亜子は猫をなでながら言う。

テヌー?　名前は都会的だ。

直が住んでいる地域では、猫はことさらに「飼う」ものではなく、そのあたりにうろちょろしているものである。うろちょろしている猫たちは、「○○さんちの猫」という明確な所有権はない。しかし名前は付いている。「マル」とか「ミケ」とか。

肩にちくっと感じたのは、テヌーの爪だったのだ。玄関は閉まっているが、共同廊下沿いにあるキッチンの窓が少し開いている。そこから入って来たようだ。

「事務所にも猫がいましたけど、アパートでも猫を飼っているんですか？」

東京はすべての家屋に猫がいるのだろうか？　水道や電気のように付いているのが普通で、猫がいない物件は「猫なし」と表記されるくらい、標準装備なのだろうか。

亜子は言う。

「このアパートは昔はペット禁止だったけど、それを変えたのがテヌーなの。今ではペットOKよ。お隣の二〇二号室は青木さんという女性で、黒猫と三毛《みけ》猫を飼ってる。テヌーとは折り合いが悪いみたい。青木さんがじゃなくて、猫同士の話よ。百瀬さんが飼っている猫はテヌーだけ。事務所の猫は百瀬さんのではなくて、事情があってあずかっているの。里親探しはわたしも協力しているのよ」

「飼ってるとかあずかってるとか、そんな微妙な区別はハタから見ればどうでもいいこと」と春美は切り捨てた。

「とにかく猫弁の周囲にはわらわらとわけのわからんものが集まってくるわけよ。正水直、あなたもそう。このわたしもね。わたしはさ、紛争地から逃げ出して日本に来たものの、実家には戻りたくないし、行くとこないからここにいるの。こんなに狭いと思ってなかったから、正直、びっくりしているけど、亜子先輩の隣ってことがわたしには大事なことだから。直も問題解決するまで、ここにいればいい」

　直、直と呼び捨てにされるたびに、ずかずかとテリトリーに踏み込まれてくる気がするが、不思議とそれが嫌ではなかった。

「そう言えば春美ちゃん、どうして赤坂くんの実家を頼らないの？」

　亜子は今思いついたというふうに、続けた。

「お腹の赤ちゃんは赤坂家の初孫でしょ。あちらのご両親のところにいるべきじゃないの？　うちの実家の近所だけど、子育てするにはいい環境よ」

　春美の目は三白眼《さんぱくがん》になった。

「先輩は嫁姑バトルの経験がないからそんなこと言えるんですよ」

「え？　あちらとうまくいってないの？」

「うまくいくわけないじゃないですか！」

　春美は拳を握った。

「まず、結婚を反対されました。大事な大事なご長男様だそうで、そのお相手がわたしじゃ格下過ぎるんでしょうね。見合いで条件が悪い人を選ぶ人がありますかと、わたしがいる前で隼人がガシガシ叱られていました」

「まあ、ひどい」

「あの母親、ずるいんですよ。泣きながら息子を叱るんです。高卒がどうとか、美人じゃないとか、実家がどうとか、差別的な言葉をこれでもかと繰り出すんですけど、泣いているものだから、あーら不思議、被害者に見えるんです。女の高等テクニックですよ、腹立たしいったら」

「春美ちゃんって泣かないよね。そう言えば」

「泣いたらうるさいって怒鳴られるか叩かれる、そんな環境で育ったら、涙はおいそれと出ませんよ」

　直は驚いた。親に叩かれたことはない。誰にも叩かれたことがない。

「おとうさんは？　赤坂くんのおとうさんはどうなの？」

「父親のほうはですね、紛争地につきあってくれるんだから、ありがたいじゃないかとか、一応、息子の肩をもっていましたけど、妻がトイレに行っている隙にこそっと言うだけ。あれはもう、典型的な恐妻家。おくさんに頭が上がらないし、おくさんの機嫌をそこねないよう、そうっとそうっと息を潜めているタイプです」

　春美のただならぬ口吻《くちぶり》に恐れをなしたテヌーは亜子の手を離れ、布団の中に潜り込んだ。

「春美ちゃん、式を挙げなかったのって、反対されたからなの？　挙げたいけど挙げられなかったの？」

「それは違います」春美はきっぱりと言う。

「先輩は前から式にこだわってますけど、わたしは夢見る夢子ちゃんではありません。式なんてどうでもいいんです。むしろせいせいしていますよ。収穫で忙しい両親を四国から呼ぶのもかわいそうですしね。招待客選びだって面倒だし。でもですね、あからさまな反対はさすがに胸にこたえました。今思えば隼人だって、両親への意地から、わたしと結婚したようなものじゃないかな」

「赤坂くんとは、うまくいってるの？」

「うまくいってるから、こうなったんじゃないですか」

　春美は下腹をさすった。

　亜子は頬を赤らめた。

「ごめんごめん、そりゃあそうよね。あちらのご両親だって、子どもができたら変わるんじゃないかしら。今頃心配なさってるんじゃないの？」

「知らせてません」

「え？」

「隼人に口止めしたんです。わたしが帰ることも、妊娠したことも言うなって」

「そんな……」

「子どもができたら関係が好転するなんて、嫌ですよ。わたしは産む機械じゃありません。そういう折り合いのつけ方は嫌なんです」

「春美ちゃん……」

「先輩がうらやましいですよ」

「わたしが？」

「姑が檻《おり》の中で良かったですね。ラッキー」

「檻？」亜子はぽかんと口を開けた。

直はもうこらえきれない。

「あっはははははは」

笑い始めたら止まらない。檻だって、檻！

直はお腹を押さえ、布団の上で転がりながら笑った。笑って笑って、息をするのも苦しく、途中でよだれが出ちゃったし、涙も出るし、腹筋が痛い。

いつの間にか春美も笑っているし、亜子も笑っている。二〇四号室は修学旅行の女子中学生の部屋さながらの、笑いにどよめく。

ああ、おかしい。

笑いながら、直は体の中から少しずつ黒いガスが吐き出されてゆくのを感じた。

自分の人生に足らないものはこれかなと思った。


結局、二〇四号室で三人は川の字になって寝ることになった。

二人分だけれど、サイズが大きい布団で、たっぷりとある。さすが大塚家具オススメの布団だ。

「明日は会社が休みだからいっぱい話せる」とうれしそうだった亜子は真ん中で、布団に入った途端、寝息を立て始めた。会社勤めは疲れるのだろう。

カーテンのない窓から入る街灯の光で室内はうすぼんやりと明るい。百瀬太郎は急な出張なのか夜中になっても帰らず、テヌーはこの部屋にとどまり、亜子の足元で丸くなっている。

直にとって東京での初めての夜である。噂には聞いていたが、夜も街は明るいのだ。

直は布団の中で目を開けていた。

疲れているのに、目が冴えている。ふかふかの布団は暖かい。パジャマは亜子が貸してくれた。「初めての一人暮らしではりきって買い過ぎちゃった。好きなの使って」と春美と直に選ばせてくれた。

パジャマを五着も持っている人がいる。東京は凄いと直は感心した。

直のリュックには下着が二枚、靴下が二足、着替えは一組しかない。歯ブラシ、石鹸、筆記用具、古い型の電子辞書、タオルが一枚、乾パンが一袋、それにスニーカーが一足入っている。直はふだんからよく歩くので、すぐに靴底が減ってしまう。東京は物価が高いと噂に聞いていたので、一足未使用のものを持ってきた。リュックがぱんぱんになってしまい、パジャマは諦めた。翌日の服を着て寝ればいいと思っていた。亜子がいうには、服で寝たら疲れが取れないのだそうである。「無駄遣いをしてしまったので、使ってもらえると罪悪感が減る」とまで言われた。優しい嘘がつける人だ。新婚気分で選んだのだろう、清楚で愛らしいパジャマばかりだ。

直の所持品はそのほかに財布と携帯電話だけで、寮と大学の行き来にこれだけあればじゆうぶんだと思っていた。髪は短いので、ドライヤーも要らない。

濃い一日だった。路上にものを置けば盗まれる。東京は凄まじい。

しかしこのアパートは別だ。壁や天井が母と暮らすアパートに似ており、心が落ち着く。アパートの入り口にりんごの木があって、それも直の心を励ました。

以前、父や母と暮らしていた家の庭にりんごの木があった。直が生まれた時に父が植えたと聞いている。父はそれを「直の木」と呼んでいた。その家から引っ越す時、自分の部屋がなくなることよりも、その木との別れが辛かった。

半年ほど経ってこっそり見に行くと、家は外壁の色が変わり、りんごの木はあとかたもなく消えていた。自分の体が切断されたように思えて、ぞっとした。

だからこのアパートに連れてこられ、りんごの木が目に入った時、自分の体がつながったように思えた。そして、父の「おかえり」の声が聞こえたような気がした。

学生寮にいるはずの今、築四十年の見知らぬアパートにいることに、違和感よりも安堵の気持ちが強い。ほっとしているのに興奮があり、眠れそうにない。

「おとうさん、何をやらかしたの？」

春美の声だ。まだ彼女も寝られないようだ。ズケズケとした物言いが清々しい。

「放火です」と直は言った。

しばらくの沈黙のあと、再び声が聞こえた。

「放火って重罪だよね」

「はい」

「誰か死んだ？」

「いいえ」

「ラッキー。で、おとうさん、どこに放火したの？」

「うちです。自分のうち」

あの時の光景が目に浮かんだ。

直が高校一年の秋のことである。夜中に酔っ払って帰宅した父を「もう我慢できない」と母が追い出したのだ。

父と母の喧嘩は日常茶飯事であった。直はそれほど気にならず、二階の自分の部屋で布団に入ってうとうとしていた。翌日は学園祭で、クラスでお化け屋敷をやる予定だった。準備万全だったし、直はこんにゃくをぶらさげる係で、練習の成果を発揮しようと、はずんだ気持ちのほうが大きかった。その後、ぐっすりと寝ているところを母の悲鳴で起こされた。

「火事よ！」

直はあわてて下に降りた。悲鳴の大きさから火の海かと思ったが、室内に炎は見えず、ただ、焦げたような臭いがした。見ると、リビングのサッシの外の濡れ縁のあたりがぎらぎらと光っていた。母が電話を握り締め、窓から外を恐ろしそうに見つめながら、「火事です！　助けて！」と叫んでいた。暗い部屋で、母の顔に炎がてらてらと反射していた。

あの時の母のひきつった顔は、今も時折り夢に見る。

母は電話を終えると、娘を抱き寄せた。ふたりは逃げ出すこともできずに、ただただ、リビングで震えていた。まもなくサイレンが聞こえ、消防車が到着し、あっという間に消火してくれて、濡れ縁と雨戸の一部が焼けるだけで済んだ。いわゆるボヤだったのだ。

事情を聞かれた母は、「夜中のことで、キッチンも使っていなかったし、風呂の火のつけっぱなしもありません。おそらく放火です」と言った。直も同様に「寝ていました。二階で火は使っていません」と言ったし、やはり放火だと思った。消防や警察が現場検証をした結果、室内に問題はなく、「放火」と断定された。

放火犯は翌日には逮捕された。それが母にとっては夫であり、直にとっては父であるという事実に、ふたりとも心底驚いたのである。

父は明け方、近くの公園で寝ていて、職務質問され、「追い出されて腹が立ち、庭で煙草を吸って、火のついたライターを放った」と白状したらしい。

母も直も、父が犯人だとは思っていなかった。ちょっと考えれば結びつきそうなものだが、ちらとも思わなかったのだ。放火だと主張したのは、こちらの非にされてはたまらないと思ったからで、父が火をつけたと知っていたら、そうは言わなかった。消防に電話をする前に庭に出て消火を試みただろうし、あとから思えば、それで十分鎮火《ちんか》できただろう。通報しなければよかった。いつもの痴話《ちわ》喧嘩で済んだのに。

父は泥酔《でいすい》していたらしい。火をつけたのは、母を驚かせたかっただけだろう。放火したのは濡れ縁だ。見えるところに火を点け、母の気を引き、家の中に入りたかったのだろう。なかなか気づいてもらえないので、寝場所を探しにふらふらと出て行ったのだ。火が燃え上がったのも知らずに。

　放火は親告罪ではない。いくら母が「もういいです、告訴はしません」と言ったところで、罪は消せないのである。

　放火したのが住居であったこともネックになった。人がいる建物への放火の場合、現住建造物等放火罪となり、死刑か、無期もしくは五年以上の懲役となると法律で定められている。殺人罪と同等の重罪なのである。

　母は勤めている農協の顧問弁護士に相談し、罪を軽くするよう願ったが、顧問として受けられる案件ではないと断られた。刑事事件に強いと紹介された弁護士は、やけに威丈高《いたけだか》で、熱心とは言い難かった。御託を並べるだけで弁護士費用が嵩《かさ》んでゆき、家を売るしかなくなり、小さなアパートに母とふたり暮らすこととなった。母は農協に居辛くなったが、やめると収入が絶たれるので、働き続けた。本部の事務職からはずされ、倉庫の商品管理に異動となり、細身の体に負担が増した。

　母は女丈夫ではない。夫の庇護下で暮らしたがっていた。大金持ちになりたかったわけでもない。安定した収入を得る男を夫とし、おだやかに暮らしたいと願っていた人であった。母の育った環境や時代を思えば、しごく普通の夢であり、依存心が強いとか、甘えだと言えるほどの高望みをしたわけではないと娘の直は思う。抱いても許されるささやかな望みではなかったか。

望みを絶たれ、家までも失い、犯罪者の妻となった母に残されたのは、娘の未来だけであった。母は直に言い聞かせた。学びなさい、自分で稼げるようになりなさい、自分の身は自分で守れる大人になりなさいと。

「おとうさんって、どういう人？」

春美の問いに、「面白い人」と直は答えた。そうとしか言いようがなかった。母から聞いた話によると、父は若い頃、地元の信用金庫に勤めていて、取引のある農協へたびたび顔を出していた。愛想がよくて冗談が得意な父は人気者で、つきあうことになった時、母は同僚からやきもちをやかれたそうだ。

「勝ち抜いたの」と母は誇らしげに語っていた。

「おとうさんの気を引こうとした女はいっぱいいたけど、おとうさんはわたしを選んだ」

父のおかげでさんざん辛い思いをしているのに、その話をする時、母は満ち足りた女の顔をした。

「優しいし、お給料も農協よりずっといい」のが、母の結婚理由だと聞いている。

父は誰からも好かれる天然の明るさがあり、取引先に人気があったという。順調に昇進し、妻のお腹に子どもができると、庭付き一戸建てを三十年ローンで手に入れたのだそうだ。今思えばその頃が母の人生の頂点だったようだ。

直が小学校へ上がってすぐのことである。父は担当している町工場から融資を求められた。父の上司が「今の設備では将来性はない」と難色を示すなか、「がんばりますので」とねばる工場長を父は個人的に励まし続けた。

見捨てる、ということが、父にはできなかったのだ。

やがて工場長は信用金庫の融資をあきらめ、あぶない高金利の金融機関からの借り入れを決断した。経営の立て直しに新しい設備を導入するという名目だった。父は融資をできなかった罪悪感から、借金の保証人になってしまった。

工場長はその金を持って逃亡。高金利で借金した時から夜逃げを計画していたようだ。父は全額を負うことになり、金を工面するために信用金庫から金を借り、とりあえず高金利の泥沼は避けられたが、一千万の負債が残った。家のローンがたっぷり残っているのに。

信用金庫の職員が不用意に顧客の保証人になり、結果、信用金庫から借金をするという、素人のような失態を犯し、それは「おひとよしだね」と笑って見過ごされることではなかった。営業職からはずされ、関連企業に出向となった。

出向先での詳細は家族にはわからない。

冷遇されていたのだろうか、父は酒の量が増え、あちこちでささやかなトラブルを起こした。飲み屋で酔いつぶれてしまい、困った店の人からうちへ電話がかかってくることもたびたびあった。ついに借金を背負ったまま、信用金庫を辞めることになった。わずかな退職金も負債の返済に消えた。その後は仕事を探すと言いながら、家でぶらぶらしていた。

　直にはいつも優しかった。家では酒を一滴も飲まず、家事をしていた。直が小学校高学年になる頃には、母が勤め人、父が主夫という家族の形に、父も直も馴染んでいた。家もあったし、直の木もあった。直の木はすくすくと育っていたし、直も木に負けてはいなかった。母の日にはボールペンを、父の日にはハンドクリームをプレゼントした。

　その役割分担にいつまでも馴染まなかったのは母で、時々いらついては父を罵倒した。母の口撃は凄まじく、口答えを許さない威圧感があり、父は無言で家を出て、呑んだくれる、という行動を繰り返した。

　父は母を傷つける言葉を持たない人だった。無防備な父を母が徹底的にやりこめるというパターンであった。それは娘の直にとって、心地よいものとは言えず、直はしだいに母を憎むようになった。今思えば、夫婦が抱える鬱屈《うっくつ》を晴らすのに必要な儀式だったのかもしれない。黒煙が溜まりすぎぬよう、無意識にガス抜きをしていたと言える。

　直の高校進学が決まった時は、父も母も大喜びで、三人で小さな丸いケーキを切り分けて食べた。直はふたりの絆が自分であることに気づき、自分の将来が両親の幸不幸を決定づけると感じた。

　あの火事は、それから半年後に起こった。いつもの夫婦の儀式が、ちょっと逸脱《いつだつ》しただけなのだ。けれど法はそれを「日常」とは認めてくれなかった。

「早稲田の法学部を受けたって？　弁護士になりたいの？」

春美の問いに、「いいえ」と答えた。

「法律を勉強したかったんです。中学でも高校でも法律は教わらなかった。この国に生まれた時から、法律に支配されているのに、学ぶ機会がないのです。もし法律を知っていたら、父も母もこういうことにはならなかったかなと思って。法律を学んで、身を守りたい。家族を守りたいって思ったんです」

地元の女子大の法学部には受かっていた。そこへ素直に行けば良かったのだ。しかし、父が放火犯だと知られている地元から抜け出したい気持ちが直にはあった。早稲田の法学部なんてとうてい無理なのに挑戦したのは、わが家の不幸の連鎖を止めるのに、一発逆転の夢を見たのだ。

父が工場長を信じて騙されたように、自分も小豆色の腕章を信じて百万を取られてしまった。父は一千万。十倍は辛かっただろうと直は思う。今はじめて父の痛みがわかる。

どうしているのだろう、父は。

服役している父を恥じる気持ちが大きく、一度も面会に行ってないことを悔いた。誰しも失敗はするものだ。そんなことに、失敗するまで気づかなかった。

あの心優しい百瀬弁護士はきっと母親に何度も会いに行っているのだろう。

「百瀬先生のおかあさんは、どんな罪で刑務所にいるのですか？」

春美に問うたが、返事がない。ちいさないびきが聞こえてきた。春美も寝たようである。直もまぶたが重くなってきた。

続きは明日考えよう。直はしずかに目を閉じた。


目白、という地名に人は何をイメージするだろうか？

学習院《がくしゅういん》や日本女子大など歴史ある学校を有する文化的なイメージ。あるいは、伝説となった政治家の目白御殿の記憶から、超高級住宅街をイメージする人もいるだろう。

目白と聞いて百瀬が真っ先に思い浮かべるのは、「おかあさま」である。

弁護士になったばかりの頃、顧客への挨拶回りをしているさなか、あまりに喉《のど》が渇いて、でも周囲に自動販売機が見当たらず、しかたなく喫茶店に入った。メニューを見てその価格帯に激しく動揺した記憶がある。

隣席では紺色の上品なスーツを着た女性たちが紅茶を飲みながら談笑していた。子ども連れで、子どもはみな女の子で、髪を頭頂部でお団子のようにまとめていた。バレエ教室の帰りのようであった。小学校低学年に見えたが、騒ぐ子はひとりもおらず、母親たちと同様、しずかに会話をしており、一杯千五百円のオレンジジュースを飲みながら、時折り「おかあさま」という言葉を発した。

百瀬はそれまでリアルに「おかあさま」という言葉を聞いたことがなかった。「おかあさま」は童話の中のセリフ、あるいは、映画では聞いたかもしれない。

その日以来、目白という地名にハイソサエティーなイメージを持ち続けている。アイスコーヒー千二百円（痛かった）の記憶とともに。

独立して事務所を構えてから、目白駅で降りるのは初めてである。

百瀬が住む新宿に比べ、駅も町も「静か」である。人の歩く速度も新宿ほど速くはなく、緑が豊かで、空気が澄んでいるように感じる。

かつては目白通りを隔てて北側が徳川《とくがわ》家、南側が近衛《このえ》家の領地だったそうで、目白駅の南西には今も「目白近衛町」と呼ばれる高級邸宅街が広がっている。登記上の地名は「下《しも》落合《おちあい》」であるが、マンション名には今も「目白近衛町」が残っていることに、百瀬は今日気付いた。近衛家の領地であった歴史が地域の誇りであると共に、わかりやすさでもあるのだろう。

百瀬は古地図を見るのが好きだ。昔は水害などが起こりやすい地域にそれを暗示する地名がついていた。蛇とか滝とか龍とか、水を連想させたり、恐ろしさを暗示する漢字を含ませていたのだ。しかし土地開発により「ヶ丘」のような、今風の美しい地名が付けられるようになった。宅地として人気を上げ、移住者が増えたことにより、被害を大きくしてしまう危険性がある。土地はその暗部も含めて受け止め、向き合わねばならないと百瀬は考える。

人においても、それが言えると思う。相手の良い部分だけを見るのは、人付き合いの鉄則のように言われるが、それだけでは相手を真に理解したことにはならず、救うこともできない。

下落合は現代的な建築物が多いが、時折り日本家屋が残っていて、占星術師・星一心、本名岡丈太郎氏の屋敷もそのひとつであった。

依頼人で息子の岡克典から教えてもらった番地を頼りにたどり着いた百瀬は、立派な門構えを見つめた。

瓦《かわら》屋根に白漆喰《しっくい》で、扉が他人を寄せ付けないようにぴしりと閉じられている。表札は、見つけてほしくないのだろうか、門構えの立派さに相反し、小ぶりの御影石《みかげいし》に『岡』と彫《ほ》られてある。「岡」と知らなければ判読できないくずし字である。事務所を兼ねていると聞いたが、『星一心』の看板はない。

超高級寿司屋も看板を出さないらしい。セレブ相手の商売で、一見《いちげん》さんをシャットアウトするため、あえて伏せているのだろう。

大きな二枚扉の横には小さめの木戸があり、そこが通用口なのだろう、インタホンがあった。

呼び鈴を押してみる。しばらく待ったが、反応はない。もう一度押す。やはり反応はない。門から離れて背伸びをしてみたが、中は見えない。屋敷の屋根すら見えず、やけにでかい松の木が見えるだけだ。

遠くからバイクの走る音が近づいてきた。ピザ屋のデリバリーである。このあたりの風景に馴染《なじ》まないそれは、意外にも岡家の門の前で停車した。派手な制服を着た店員は大きな保温袋を抱えてインタホンを押し、「ラッキーピザです」と宣《のたま》った。

留守ではないのだ。注文した人間がいるのだから。

しばらくすると、小さめの木戸が開いた。中から若い男が現れて、ピザ屋に金を渡すと、保温袋から出された大きめのピザ二箱を受け取った。木戸が閉まらぬうちに百瀬は声をかけた。

「ちょっといいですか？」

青年はこちらを見た。細面で肌は青白く、涼しげな目をまぶしそうにしてこちらを見ている。美しい青年だ。五美を抱いていた写真の男に間違いない。バイクが去る音が小さくなるのを待って、百瀬は名刺を差し出した。青年の手はＬサイズのピザ二箱で塞《ふさ》がっているので、迷った末、ピザの箱の上に置いた。

「弁護士の百瀬と申します」

青年はいぶかしげな目をした。

「岡克典さんから頼まれて、五美さんの様子を見にきました」

青年は反応しない。

「岡克典さんは、岡丈太郎さんの息子さんで、つまりは、星一心さんの息子さんです。星一心さんの息子さんに頼まれて、五美さんの安否を確かめにきました」

青年はぽつりと言った。

「これ、置いて来ていいですか」

拍子抜けするくらい素直な声である。

「はい」と答えると、木戸は勢い良く閉まった。手がふさがっているので、足で閉めたようである。ビシッと激しい音がした。

百瀬は「失敗したか？」と思った。このまま木戸が開かない可能性もある。しかしこれ以上強引な手は打てない。待つしかない。

木戸が閉まったまま、五分が経過した。嫌な予感が当たってしまうのか。

百瀬は再び門から離れ、背伸びをしてみた。すると、屋根の向こうに見える松の枝が揺れ、そこから視線のようなものを感じた。よく見ようと目をこらした瞬間、木戸がガタガタと音を立てて開いた。

さきほどの青年がこちらを見ている。

「どうぞ」と声をかけられた。

ゆっくりと歩き出すと、「早くして」と急かされた。急いで門をくぐると、木戸は青年の手により素早く閉められた。

「車に轢《ひ》かれるといけないから」と青年は言った。

猫が外へ飛び出すのを防ぐために、木戸を開ける時間を最小限にしているのだと気付いた。

敷地内は松以外にも木々が生《お》い茂《しげ》り、屋敷までのアプローチは長い。まるで避暑地軽井《かるい》沢《ざわ》のような景観で、門の外と中では別世界である。

百瀬は大きな松を見上げた。そこで誰かが監視しているように感じたからだ。

「確認できた？」と青年は言った。

「え？」

「五美の安否を確認できた？」

「どういうことですか？」

「いるでしょ、あそこに」

青年は松の枝を指差した。

百瀬は再び松を見た。しかしもうそこに視線を感じない。ついさっきまで鋭い視線を感じたのに。

「見えません……」

そう言って青年を見ると、灰色の猫が青年の肩に乗っている。

いつの間に？

何やらマジックショーを見ているようである。

「五美は元気です」

青年はぶっきらぼうに言った。用が済んだら帰れ、というニュアンスが含まれている。

肩の上の猫は、ブリティッシュショートヘアに違いなかった。高級絨毯《じゅうたん》のように密度の高い灰色の被毛、ずんぐりとした丸い顔、目は黄金色に光っている。岡克典の妹が撮った写真の猫で間違いない。

この目だ、と百瀬は思った。門よりも高い松の枝に登り、こちらを窺っていたのはこの目である。

ブリティッシュショートヘアは見た目が丸っこいので、鈍重に見えがちだが、身体能力は高いと言われている。このような広い敷地で飼われていたら、木へも登るだろうし、瞬時に降りてくることも可能だろう。だが、十歳をとうに超えた猫の身体能力としては、？マークが付く。

とはいえ、可能性はゼロではない。人間でも百歳を超えて驚くほど矍鑠《かくしゃく》としている人がいる。生命体はロボットと違い、年齢相応の明確な身体能力は算出できない。

目の前の男は猫と友好関係にあると、見て取れる。肩に乗るくらい信頼関係があるのだ。かくいう百瀬は、テヌー以外の猫に肩に乗られた経験はない。

「触ってもいいですか？」

「噛むかも。凶暴なんです、こいつ」

青年は脅すように口の端をゆがめた。

百瀬はてのひらを上に向けて猫の鼻先にそっと近づけた。甲を上にして近づけると警戒されるからだ。五美はふんふんふんと百瀬の指先の匂いをかぐと、遠慮がちに舐めた。許されたようだ。さらに近づき、下顎をなでると、五美は気持ちよさそうに目を細めた。親指でそっと唇をめくると、犬歯がちらりと見えた。真っ白である。猫は歯に年齢が出る。やはり若い猫に違いない。

「少しお話を伺うことはできませんか？」

青年は「は？」と怪訝《けげん》な顔をした。

「星一心さんとのご関係について、お伺いしたいことがあります」

青年は何も言わずに目を伏せた。まつ毛が長い。体つきはひょろりとして、マッチョと対極にある。しぶとく答えを待っていると、青年はくるりと背を向け、五美を肩に乗せたまま、玄関の方へと歩いて行った。

返事をせずに行ってしまうのだろうか。黙って見ていると、青年は漆塗りの格子戸を開け、中へ入ってしまった。

百瀬は落胆し、しばらくその場に突っ立っていた。帰れ、と言われたわけではないが、帰るしかないだろう。

中から声が聞こえた。

「立ち話をする気？」

近づくと、格子戸は開いたままで、男は上がり框《かまち》に立ってこちらを窺い、「くるならこい」というふうに、目配せをした。

広くて薄暗い玄関から、いきなり日の差す回り廊下に出て、目がくらんだ。長い廊下を通って、十二畳の和室に通された。

庭が見え、池がある。今では珍しい回り廊下が部屋をより広く見せている。ここは客間なのだろうか、生活臭はない。掃除は行き届いている。

青年は君主のように床の間の前に座った。五美はよほど青年に懐いているらしく、彼から片時も離れず、膝の上に乗り、ぐるぐると喉を鳴らしている。

百瀬はたっぷりと距離をとって座った。人との距離に敏感な青年だと推察したからだ。さきほど五美を触っていた時、青年が過度に緊張しているのが伝わってきた。短時間で終わらせないとまずいと思い、すぐに切り出す。

「あなたは星一心さんのお弟子《でし》さんですか？」

「ぼくはただの居《い》候《そうろう》です」

居候という言葉を百瀬はひさしぶりに聞いた。

辞書的には「他人の家にただで置いてもらい、食べさせてもらう人」の意で、昔の日本ならば書生や奉公人《ほうこうにん》などを置く家もあったようだが、現代ではそのような存在は希少だろう。弁護士の世界では「イソ弁」つまり「居候弁護士」という言葉が残っている。事務所から給料をもらいながら、先輩弁護士の助手をする見習い期間の新人をそう呼ぶ。「ただ」ではなく「金をもらう」のだ。百瀬の場合、業界トップの事務所にいたため、イソ弁時代のほうが今よりもはるかに高収入であった。

「ノキ弁」という言葉もあり、こちらは場所を借りている身分で、給料は出ず、ノキ代を払わねばならない弁護士のことだ。

「あなたはこの家で何をしているのですか？」

「五美のご飯やトイレの世話とか」

「お名前を伺ってもいいですか？」

「片山碧人《かたやまあおと》」

片方の山に紺碧の碧と書き、最後に人、と説明も怠らなかった。つっけんどんなようで、まだらに親切である。

「星一心さんと知り合われた経緯《けいい》は？」

しばらくの沈黙ののち、「テレビの収録か何か」とつぶやいた。

「『バビロニア神殿』ですか？」

片山は「さあ」と言った。

「片山さんは出演なさったのですか？」

「見学しただけ」

「なるほど、この屋敷で収録中の星一心さんを見た、ということですね。見学でいらしたのに、話ができたんですか？」

「占いって面白そうと言ったら、見て学べということで、出入りを許された」

「片山さんは占い師を目指しているのですか？」

「目指しちゃいないけど、興味があった」

「今はどうですか」

「さあ。他人に夢を語る必要ないでしょ」

「ええ、では質問を変えます。そういう方はほかにもいらっしゃるのですか？　見習いで出入りをしている人とか」

「さあ、前はいたかも」

　今は自分だけという意味だろうが、そこは明言をしない。あのピザはどこへ消えたのだ？

「猫の世話以外には、何をしていらっしゃるのですか？」

「お客を天《てん》の間《ま》へ案内する、ってことは、やったことがあるけど」

「天の間？」

「師匠が占星術を行う部屋」

「なるほど」

　岡克典は「家族は入ってはいけない部屋があり、そこに人の出入りがあった」と言っていた。いわゆる仕事場であろう。どこにあるのだろう？　その部屋は。

「では、師匠がいなくなってからは、片山さんは猫の世話だけをしているということですね？」

「師匠はいます」

「え？　星一心さんがここに？」

「今は外出してるけど、この屋敷に住んでる」

　百瀬は岡克典の話を思い出す。「父と連絡が取れない。妹が訪ねて行くと、猫と青年だけがいた」ということであった。あれはたまたま星一心が留守で、今日もそうだというのか。


「星一心さんはいつ戻られますか？」

「さあ」

「連絡先を教えていただけますか？　携帯の電話番号とか」

「知らない」

　これも岡克典の妹の話と一致する。

「わからないなんてことはないでしょう？　師匠の連絡先を知らないと、あなた自身、不自由ではないですか？」

「別に困らない。だって連絡先はここだから」

「帰ってらっしゃれば、話せるということですか？」

「そう」

　百瀬は質問の方向性を変えることにした。

「五美さんは活発ですね。あんなに高い松に登れるのですから。何歳ですか？」

「さあ」

「年齢を知らないんですか？」

「前からいるし」

「あなたはいつからここにお住まいですか」

「忘れちゃった」

片山はすっと立ち上がり、「もういいでしょ」と言った。これ以上はひとことたりとも話さないという決意が窺える。年齢は落ち着きからすると二十代半ばに見えるが、顔立ちは十七にも見える。

Lサイズのピザ二枚はいったいどこへ消えたのだろう？

この細い体でひとりで食べるわけがない。誰かいるはずだ。ピザの行く末を尋ねるべきだった。

百瀬はしかたなく立ち上がり、長い廊下を戻った。庭は手入れがされておらず、雑草が生い茂っている。家の中はこれほどまでに綺麗なのに、なぜ庭はあんなに荒れているのだろう？　以前は庭師を呼んでいたが、今は呼んでいない。客人を迎えることもない、ということではないだろうか。

背後を歩いてくる青年はサイコパスで、この庭のどこかに星一心が埋められているのではないかという考えがちらと浮かんだ。

百瀬は自分の想像にぞっとして、足を止め、振り返った。

片山は足を止めた。二メートルほどの距離があり、一センチでも距離を縮めたくないようである。彼の足元には五美がいて、まるで主人を守るように百瀬を睨んでいる。

「見て学べと言われたそうですが、占うことができるようになりましたか？」

片山はとまどったように瞬きをした。とまどうと、すっかり子どもに見える。

「占うことはできるけど……」

「できるけど、何ですか？」

「当たるかどうかはわからない」

百瀬は妙な答えだと思った。

「当たるかどうかわからないなんて、占ったことにならないのではないですか？」

「だから、まだ鑑定料をもらえない」

「一応、占うことはできる、ということですか？」

「占うというか、占星術じゃなくて、ただ、見えるだけ」

「見える？」

「ぼんやりと見える。その人の背景というか、オーラが」

「オーラ？　霊感があるということですか？」

「師匠は霊的なものには否定的で、気のせいだと言われる」

「でもあなたには見える？」

「ぼんやりと」

「何が見えるんです？」

「それがどういう意味をもつのか、うまく言葉にできない。こう、色とか、明るさとか、そういうもやもやしたもの」

「わたしの背景が見えますか？」

片山は困ったような顔をした。

「立ったままではダメですか？　あ、お金が必要とか？」

「鑑定料はもらえないって言ったでしょ。それは師匠に止められているから」

「さきほどのお部屋に戻って、見ていただけますか？」

片山は首を横に振った。

「さっきから見えてる」

「見えている？　わたしの背景が見えるんですか？」

片山は口の端を歪めた。

「知りたい？」

「ええ、ぜひ」

「責任はもてないっすよ」

「見えたまま、教えて下さい」

「師匠には絶対内緒にしてよ」

「もちろんです」

なるほど星一心は生きているのだ。土に埋めたわけではないようである。それともごまかすためにそう言ったのだろうか。とにかく彼の占いを聞いてみようと思った。そこから話をどうにかつなげていって、今日中になんとか星一心の居所の手がかりだけでもつかみたい。

「あなたはひとりぼっちだ」と片山は言った。

虚をつかれた。

ひとりぼっち？

片山の目の奥には哀れみの光が宿っている。

ひとりじゃない、と百瀬は脳内で反論した。野呂さんだって七重さんだって、大福亜子もいる。サビ猫のテヌーもいる。近くではないが、母もいる。

自分はひとりではない。絶対。百瀬は歯を食いしばった。

片山は言う。

「あんたはひとりぼっちだから、かわいそうに思って、人や猫が寄ってくる。でもそれは、あんたがひとりぼっちだからだ」

百瀬は突っ立ったまま、ひとことも言い返せなかった。話をつなげることもできず、気がつけば昔入った喫茶店で珈琲を注文していた。

千五百円のホット珈琲は香りが高く苦味が強い。その苦味を舌に感じて、ようやく我に返った。

店内では身なりのよい高齢のご婦人たちが紅茶を楽しんでおり、若い人はひとりもいない。子育て世代はゆとりがなくなっているのだろうか。

母親を「おかあさま」と呼んでいた女の子たちは今、どのような人生を送っているのだろう？　彼女たちのおかあさまたちは今、どうしているのだろう？

新宿の喫茶エデンで新生児を抱いていたあの女性は育児に慣れただろうか？
そして自分は「ひとりぼっち」なのだろうか。
それは過去のことだろうか。未来のことだろうか。今なのか。
ずっとそうなのだろうか。

第四章　そして猫はいなくなった

「やられちゃいましたよ」

西野《にしの》快《かい》は自嘲気味に笑った。

「年度末の忙しい時期にとんだトラブルに巻き込まれて、外回りの仕事の合間に警察へ行ったり、銀行へ行ったりしましてね。上司からさんざん怒られました。自己管理がなってない、解決するまで有給休暇をとれと。みんな今頃は目の下にクマをこさえてデスクに張り付いていますよ。こんな時期に抜けるなんて、もう出世は望めないなあ。ま、ちいさな会社なので、出世してもたいしていいことないですけどね」

薄くなった頭髪を手で撫でつけながら、西野はしきりに水を飲む。

「お忙しい時にお時間をいただいて申し訳ありません」

百瀬は頭を下げた。

「いいです、いいです、空き時間が怖いモーレツ社員ですから」

ここは新宿オフィス街にある喫茶エデンである。さほど混んでもおらず、注文したものがもうやってきた。

ウエイターはトレイを手に、「パフェのお客様は？」とつぶやく。

西野はうれしそうに手を挙げ、チョコレートパフェを受け取った。百瀬の前にはそっと珈琲が置かれる。先日の赤ちゃん騒動以降、ウエイターの態度は激変し、妙に丁寧になった。名刺を渡した時の驚いた顔。弁護士ってそんなに敬われる職業だろうかと、百瀬は首をひねる。

西野はパフェを前にして満面の笑みを浮かべる。

「四十のおっさんが、平日にパフェを食う。こういうの、娘に言わせたらオワコンかな？」

「オワコン？」

「終わったコンテンツという意味だそうです。うまいこと言いますよね、今の若者って、残酷なくらい」

「ネットスラングですね。流行遅れという意味でしょうか」

百瀬の言葉に、西野は「そうか」と目を見開いた。

「流行遅れってことは、一度は流行したってことで、考えてみれば、まんざらではないコンテンツですよね。流行する、マスに支持されるって、狙っても難しい希少なことですからねえ。おっさんとパフェなんて流行った例《ため》しがないから、オワコン未満か」

「これから流行るかもしれません。そしたら先取りですよね」

西野は「それはないな」と苦笑して、パフェを食べ始めた。

「おじょうさんはおいくつですか？」

「十一です。六年生。女の子は五歳にもなればいっぱしの口をききますよ。結構傷つきます、こっちは」

　同世代の西野がすでに家庭を持ち、子孫まで残しているという事実に、百瀬は圧倒される思いがした。

　しかし自分もあと一歩のところまできている。結婚を約束した女性がいて、同じ屋根の下で暮らしている。ふたりのあいだに壁は二枚あるけれども、百瀬はすでに彼女のことを家族以上に近しい存在だと感じている。家族と言っても、血縁は母しかおらず、その母は金沢にいる。母と自分の間には高い塀がある。

　長年の「どこにいるのか、生きているのかすらわからない」状態に比べれば、「金沢の刑務所に服役中」という事実は、百瀬にとってひじょうに心強いものである。母はもう逃げ隠れできない。会おうと思えば会えるのだ。母が消えてしまわないよう、国家が協力してくれているとも言える。

　しかし、百瀬はまだ一度も面会していない。裁判所の法廷で言葉を交わして以来、会っていないのだ。なぜ会おうとしないのか、自分でもわからない。何度前頭葉に空気を送っても、答えが見つからないのだ。

西野はうれしそうにスプーンで生クリームをすくいながら、「最後に缶詰ミカンを食べるのが醍醐味《だいごみ》でね」と微笑んだ。

「溶けたアイスとチョコレートシロップにまみれたあまずっぱいミカンを口に放り込む。するとお楽しみは終了だと舌が納得するんですよ」

「へえ」という声が聞こえた。

ウエイターが西野のグラスに水を注いでいる。今のはウエイターの声だと思うが、注ぎ終わるとすました顔であちらに行ってしまったので、空耳かもしれないと百瀬は思った。

百瀬はチョコレートパフェを食べたことがない。食べたいと思ったこともなかったが、缶詰ミカンには思い出がある。百瀬が育った青い鳥こども園では週に一度のご馳走であった。土曜日の夕食時にこれがデザートとして出されるのだ。喧嘩にならぬよう、ひとり七粒と決まっていた。

缶詰ミカンを見ると、懐かしさと寂しさが混在した心持ちになる。

青い鳥こども園にいる間、百瀬は「いつ母が迎えにくるだろう」と落ち着かない気分で過ごしていた。その不安定な気分はワッペンのように百瀬の心に張り付いていた。「自分には悪いところがあるので、母と別れることになったのだろう。悪いところを直せば、母は許してくれるだろう」と考え、身を正すことで、ただ待つのではなく、母に近づいているのだと、自分に言い聞かせて生きてきた。

そのワッペンは青い鳥こども園を出る時に剝がれ落ちた。

「母が迎えにくることはない」と吹っ切れたのである。

「母は息子を愛している。愛しているから、あえて手放したのだ」と思えたのである。そこで母への思考は止まったまま、前へ進んでいない。

「今どきのカフェはいけません」と西野は眉をひそめる。

「チョコレートパフェが正しくないんです。ミカンの代わりにポッキーを差したり、小さなシュークリームをのっけたり。妙に凝り始めたおかげで、起承転結がない」

「チョコレートパフェに起承転結があるんですか？」

「ありますとも、これにはあります。ごらんなさい、この姿。立派に自己完結しています。生クリームは起、チョコシロップは承、アイスクリームは転、ミカンは結です」

百瀬は「カットバナナはどうなります？」と聞きたかったが、口にしなかった。「揚げ足をとるな」と相手が怒り出すことがよくあるからだ。

西野は上機嫌で話す。

「この店はよく取引先との待ち合わせに使いますが、パフェを食べるのは今日が初めてです。理想のデザイン、日本の伝統的なチョコレートパフェです。取引先の前でパフェを注文する勇気はありませんけどね。ここのパフェが完全無欠とわかって、今日はラッキーでした。これも怪我の功名ですかねえ。あんなことがなければ、ここで弁護士さんとこうしておしゃべりする機会はなかったわけで」

たいそうほがらかな人で、百瀬はほっとした。詳しく話を聞けそうである。

　正水直から聞いた振込先の情報をもとに、百瀬はさっそく動き始めていた。星一心の「死なない猫」案件と並行して、入学金振り込め詐欺事件についても、できる限りのことをするつもりだ。

　腕章の男が指定したのはたんぽぽ銀行の普通口座。

　口座名義はニシノカイ。

　さっそくたんぽぽ銀行に問い合わせると、その口座は別件の振り込め詐欺にも使用されており、被害者の届け出により、すでに凍結されていた。

　たんぽぽ銀行に口座の取引履歴を調べてもらうと、正水直の母名義の信用金庫の口座から三度に亘《わた》って振り込まれた金は、その都度すぐに引き出されてしまっていた。その後別件で振り込まれた金もすべて引き出されており、凍結した時には残高ゼロであった。

　金が戻ってくる可能性は低くなったが、犯人が特定されれば財物を押さえられる。多少の分配金がもらえる可能性があるので、警察にも被害届を出した。

　正水直が警察へ行くのをためらったため、委任状を書いてもらい、百瀬が代理で手続きを行った。

　警察は被害届を受理したが、犯人の目星はついていない。このような被害届は山のようにあるので、遺失届出書と同様、受理されても捜査されるという保証はない。

　そこで百瀬は犯人の手がかりを探るため、口座名義人に会うことにしたのだ。

口座名義人は、「無断で口座を使われた」と既に警察に被害届を出しており、連絡を取ったところ、すぐに会えることになった。それが目の前にいる西野快である。小さな出版社に勤めており、新宿に職場があるというので、喫茶エデンで待ち合わせた。

「カードを盗まれたことに気づくのに時間がかかったんです」

チョコレートパフェに舌鼓《したつづみ》を打ちながら、西野は話す。

「昼休みに金を下ろそうとしたら、できないんですよ。たんぽぽ銀行ではなく、夕日銀行の口座です。たんぽぽ銀行は使っていません。学生時代に口座を開いたものの、就職してからはずっと放置していました。残高なんて、百円くらいしかなかったんじゃないかなあ。夕日銀行は給料が振り込まれるメインバンクなので、カードが使えないと困ります。何度カードを挿入しても、使えませんって、戻ってきちゃう。その場はあきらめて、家に帰って郵便物をチェックしたら、たんぽぽ銀行と夕日銀行から封筒が届いていました。開封すると、どちらも凍結通知でした。たんぽぽ銀行のほうは二週間も前に届いていました。そういえばたしか、そんな封筒を妻から渡されたような気もしますけど、なにせ不要な口座ですから、気にも留めなかったんです。妻が言うには、リビングのゴミ箱に捨ててあったそうです。拾っておいてくれて助かりました」

「よかったですね。慎重なおくさまで」

「おまけに美人妻です。へへへ。困ったのは夕日銀行のほうですよ。さっそく夕日銀行に連絡したら、他行でわたし名義の口座が振り込め詐欺に使われたというのです。そういう情報は銀行で共有するから、被害を食い止めるためにやむなく凍結したと言われました。しかるべき手続きを踏まないと、取引を再開できないと言うので、それからの忙しかったことといったら！」

「たんぽぽ銀行にも連絡しましたよね」

「ええ、やはりこの口座が、振り込め詐欺に使われていたのです」

「たんぽぽ銀行の通帳かカードを失くしましたか？」

「はい、失くなっていました。失くしたことに気づかなかったんです。この時まで。ほかのカードはあるのに、使っていないたんぽぽ銀行のカードだけがありません」

「どこに置いておいたのです？」

「おそらく財布に入れっぱなしでした」

「財布を人に預けたり、なくした記憶はありますか？」

「必死で思い出しましたよ。ありました。一瞬のことですけどね。今年、母校でね、恩師を偲《しの》ぶ会があったんです。二月の初旬です。大学時代のゼミ仲間と集まって、三年前に亡くなった教授を偲ぶという名目で、大学近くの懐かしい飲み屋で一杯やったんです。二軒目に行こうとしたら、呼び止められて、財布落ちてましたよって」

「大学はどちらですか？」

「早稲田です」

百瀬はハッとした。

正水直が詐欺にあったのも早稲田である。あれは大学の構内であった。そして、詐欺に使われたカードは早稲田大学の近くで紛失したという。

「どのあたりの道か覚えていますか」

「大隈通りです」

「誰が拾ってくれたのですか」

「一軒めの店員だと思ったけど、通行人かもしれない。とにかく、すっかり酔いは覚めました。財布は大事なので、あわてて調べましたよ。現金やカード類がなくなってないか。免許証もなにもかも無事だったし、万札の数も合ってました」

「でも、たんぽぽ銀行のカードはなくなっていたんですよね」

「そうです、そうです。その時はたんぽぽ銀行のカードについては失念していたので、すべて無事でよかったと胸を撫で下ろしました。拾ってくれた若い子にちゃんとお礼を言ったかな。よく覚えてない。だめな大人です」

「拾ってくれたのは女性ですか、男性ですか」

「男の子じゃないかな。でも最近男女の区別がつかないでしょ。男もみなかわいくなっちゃって。小さい子じゃなくて、若者です。学生アルバイトみたいな」

「それで、家にもたんぽぽ銀行のカードはなかったのですね？」

「今回、口座凍結の憂き目にあって、自宅の書斎を調べたのですが、たんぽぽ銀行のカードはありませんでした。やはり財布に入れっぱなしだったんです。そしてたぶんあの時に抜き取られたのです。でもなぜ、残金がないカードだけを抜き取ったんだろう？」

「財布から現金や大事なカードがなくなっていると、すぐに警察に届けたり、銀行に連絡して口座を凍結し金を引き出されないように対処しますよね。すると悪用できない。ですから、財布の中で取り出しにくい位置に入っていて、本人も忘れていそうなカードを抜いて、詐欺に使うのです。そうすれば、詐欺被害者が訴えるまでは、口座を使い続けることができますからね。財布にある数万円を盗むより、振り込め詐欺で得る金額のほうが莫大ですから」

「なるほど、悪質ですなあ。振り込んだ人、高齢者でしょうか。かわいそうなことをしたなあ」

「口座名義人のあなたも被害者ですよ。残高は少額で被害額は少なく済みましたが、犯人ではないと証明されるまで、他行の口座までが凍結され続ける場合があるので、ビジネスに支障が出るという二次被害に遭ってしまうのです。夕日銀行のほうはスムーズに凍結解除できましたか」

「はい、おかげさまで。警察がシロだと表明してくれたので」

　早いな、と百瀬は感じた。シロだと証明されるまでに時間がかかり、どの口座も使えず、ビジネスが立ち行かなくなってしまった起業家に相談を受けたことがある。

「ところで、たんぽぽ銀行のカードの暗証番号を覚えていますか？　あ、声に出さないで。教えてくれなくて結構です」

「それが覚えていないんです。でも学生だったから、安易に誕生日にしていたのではないかと」

「ではやはり免許証でわかってしまいますね。財布は落としたのではなく、掏《す》られたのかもしれません。カード狙いの掏りは、仕事が巧妙で手早いですから。掏った上で財布を持ち主に戻すことで、油断をさせるのです。このたびはお気の毒なことでした」

西野は困ったような顔をした。

「わたしはまだいいんです。不要なものを盗まれただけです。警察も銀行もわたしを犯人ではないと、初めからそういう扱いをしてくれました。実は叔父が公安に勤めておりましてね。こちらから伝えたわけではないのですが、被害届を出す時に、西野さんの甥《おい》御《ご》さんですかと、警察で聞かれました。警察が身内に優しいって本当にあるんですね」

こんなに早く凍結解除ができたのは、公安への忖度があったのだろう。

百瀬は正水直の言葉を思い出す。

「父親が犯罪者なので不利になる」

そういうことはあるのだと、あらためて百瀬は感じた。

警察に被害届を出したが、正水直と父親のことは、データですぐに紐づけられる。不利とまでは言えないまでも、優遇される見込みはない。そして、百万という金は、振り込め詐欺被害としては少額だ。捜査に前のめりになる動機付けは弱い。たとえそれが正水家にとって致命傷になる大きな金であっても。

　西野はグラスに残ったミカンを一粒ずつ味わうように口に含んだ。

「ニシノカイ。この名前、カタカナだと人名に見えない。組織名みたいじゃないですか。だから振り込め詐欺に使われやすかったのかもしれないと警察に言われました。凍結するまでの間に、十五回も詐欺に使われたらしいです。恐ろしくて被害総額は聞けませんでした。金を取られてしまった人のことを思うと、申し訳ない気持ちでいっぱいです。わたしが無防備だったせいで口座を利用されちゃって、ごめんなさいですよ。すぐに紛失に気づいて届を出していれば、こんなことにはならなかった」

　西野は目を落とし、「心苦しいです」とつぶやいた。

　大事なことはおおよそ聞き終えたので、百瀬は話を明るい方へ変えようと試みた。

「西野さんは出版社にお勤めですよね。今までどんな本を出されてきましたか？　ミステリーとか？」

「うちは文芸書はやってないんです。主に占い本ですよ」

「占い？」

「ペーパーレスの時代ですけどね、占い本は結構売れます。みな先行きが不安なんでしょうねえ。星占い、花占い、血液型占い、名前占い、なんでもありです」

　西野は完食したパフェのグラスを入念に見つめている。よほど気に入ったようである。

「文芸書はなかなか売れません。図書館で借りたり、古本屋で手に入れたりね。ところが占い本はみな買います。買って読んでさっと捨てる。線香花火みたいに命が短い本です。皮肉なことにね、読んだあと捨てられる類の本のほうが売れるんです。賞味期限があるんでしょうな、占いには。新刊を出せばそこそこ売れますよ。おっさんがパフェを食べるゆとりがもてるくらいには」

「あ、ここはこちらが払います。お話をもう少し伺ってもよろしいですか？　いいですか？　ありがとうございます。では、何か追加注文しましょう」

星一心についても情報を得ておこうと思い、百瀬は手を上げてウエイターを呼んだ。

妙にはれやかな顔で注文を取りに来たウエイターに、西野は言った。

「チョコパフェもう一つ」


「妊娠してる」と柳まことは言った。

三毛猫は返事をするように「にゃー」とひと鳴きし、まことの手からすり抜けて窓から外へ出て行った。

ここは百瀬太郎が長年暮らし、大家代行もしているアパートである。獣医のまことは訪問診療のため、二〇二号室を訪れている。

この部屋の住人で三毛猫の飼い主である青木その子は、「なーるほど」と目を見開いた。

「猫は春に恋をして、夏に出産するというイメージがあるじゃないですか。だからお腹が膨らんでいるのに気付いたとき、悪性腫瘍じゃないかと思って、心配で。そうですか、妊娠だったんですねえ」

三毛猫が出て行った窓を青木その子はぼんやりと見つめている。なんとも頼りない飼い主である。

まことが彼女と初めて会ったのは一年前だ。

地域猫を保護するＮＰＯ『おにゃんこ隊』の隊員として、青木その子は精力的に活動していた。当時は髪が短くて白髪交じりで、飾り気のない服を着ており、表情はいつも怒っているように硬かった。高齢の母の介護をするために勤めていた銀行をやめた過去があり、余ったパワーを猫の保護活動に注力していた。

ところが『おにゃんこ隊』のほかの隊員たちは、会議という名目でおしゃべりにうつつを抜かしていた。まことは獣医として意見を求められ、何度か会議に呼ばれたが、隊員たちは「活動している気分」に酔っているだけに見えた。そんな仲間を冷めた目で見ていたのが青木その子なのである。

サロン化してしまった『おにゃんこ隊』に嫌気がさした青木その子は、自分のやり方で活動を続けた。そのやり方はなんというか……非常に個性的であった。

動物愛護センターへ足しげく通い、殺処分されそうな猫を引き取っては、いったんホームレスに預けておくのだ。そして、ＳＮＳを通じて愛猫を亡くしたばかりの人間を探し、

「生まれ変わりの猫ちゃんです」と言って保護猫を紹介し、里親になるよう促すという、詐欺まがいの方法で猫の命をつなぐ活動をしていた。

金を盗む詐欺ではないが、ペットロス症候群につけ込む嘘であることは確かだ。生まれ変わりなどとスピリチュアルな文言を使うなんて、生命科学を追究するまことが最も苦手とする行為である。だが不思議なことに、騙されて彼女を恨む人間はいなかった。

まことが青木その子について知っていたのはそこまでである。

朝、「三毛猫の様子がおかしい。診て欲しい」という電話をもらって、まことは今日初めて彼女が住む部屋を訪れた。

まず、彼女の見た目ががらりと変わっているのに驚かされた。栗色に染めた髪はゆるくパーマがかかっており、春らしい桜色のカーディガンを羽織っている。以前に比べると見違えるように明るく、柔らかな印象だ。

母を看取ったのをきっかけに、自分で猫を飼うことにしたという。猫の保護活動をしていたのに、実際に飼うのは初めてだそうだ。ペットが許される格安の物件は都内にここしかなくて、少し前にこのアパートに引っ越してきたというのだ。

青木その子は活動から足を洗い、「ひとりの人間として、猫と暮らす」という個人的な生活に舵《かじ》を切った。生活費は、銀行員時代に貯めた金を投資運用して捻出している。猫は寝たきりの母ほど手がかからず、身なりを整える余裕もできたと言う。三歳の三毛猫と五歳の黒猫が彼女のパートナーである。どちらもホームレスに預けていた猫だ。

「夢はあるんです。資産運用でお金が貯まったら、猫と暮らせる家を購入します」

青木その子は目を輝かせて将来の展望を語った。

「できれば庭付きの家がいいですね。中古でいいんです。ひとり暮らしで老いてゆくと、いずれは部屋を貸してもらえなくなるって、よく聞くじゃないですか。腰が曲がる前に、終《つい》の住処《すみか》を得たいんです」

まことは「夢にはさまざまな形があり、年齢制限もないのだ」と気づいた。猫とともに老いてゆく未来に彼女は希望を感じている。まるで遅く来た春を謳歌《おうか》するごとく、青木その子は生き生きとしている。

もうひとつ驚いたことがある。それはアパートのたたずまいである。

百瀬太郎が住んでいるアパートだということは、住所でわかっていたが、訪れるのも見るのも初めてである。

世田谷猫屋敷事件以来、十五年のつき合いになる弁護士の住まいが、いくらなんでもこれほどに古く、狭く、冴えないことに、まことはいたく驚いた。

青木その子は「家購入」という夢のためにできるだけ安い賃貸に住んでいる。だから、ここにいることに不思議はない。

百瀬は腐っても弁護士である。国家資格を持っており、その資格の難易度はトップランクである。

なのに住まいがこれだ。「狭い」とは聞いていたが、狭すぎる。「古い」とも聞いていたが、古すぎる。新居購入の展望も聞いたことがない。

彼はよく「貯金はないが借金もない」と宣っているが、ここに住んでいるのに貯蓄ができない彼の収入はいかなるものか。

まこと動物病院は世田谷にあり、近隣住民から往診を依頼されることが多々ある。その中には弁護士も何人かいて、みな、資産価値は三億は下らないだろう立派な家に暮らしている。ペットはイタリアングレーハウンドだったり、カメレオンだったりする。

なのに百瀬はこのアパートでサビ猫を飼っている。

弁護士の所得格差がこれほどまでに広がっているとは。「この国は大丈夫だろうか」と不安な気持ちになるのであった。

そして、大福亜子である。

婚約者の百瀬と少しでも近くにいたくてここへ越したと聞いてはいるが、「それほどまでに好きなのか」とあらためて愛の深さを知った。

まことは男のために住む場所のランクを落とすのはごめんである。まことの住まいは動物病院の三階で、入院施設と同じフロアだ。入院中の動物の微妙な変化に迅速に対応できるよう、そうしている。仕事のために寝食を犠牲にするのはかまわないが、男のために生活を変えるのは絶対に嫌だ。

まことは新婚である。夫は全国を飛び回るトラック野郎で、時折りまこと動物病院の三階に泊まってゆく。言ってみれば、平安貴族のような通い婚である。仕事を邪魔されず、喧嘩をする暇もなく、極めて心地よい関係にある。
夫は金城《かねしろ》武《たけし》にそっくりのイケメンで、筋骨《きんこつ》たくましい健全な体を持っている。生命体としての優位性にまことは惚れ込んでいる。まことの結婚は、自称いいとこ取りなのである。

大福亜子は愛情たっぷりに育った家があり、一人っ子だ。あれほど心地よい住処を捨て、こんなむさくるしいアパートに転がり込むなんて。「愛が深い」を通り越して「ひょっとすると亜子はおばかさんなのではないか」と疑念すらわくのであった。

それにしても、だ。

さしあたって問題なのは三毛猫の妊娠である。

地域猫の保護活動は、去勢および避妊手術が基本なのに、元活動家である青木その子が自分の猫にそれを済ませていなかったという事実にまことはとまどっている。

雌の避妊手術は卵巣《らんそう》と子宮の両方を摘出《てきしゅつ》する方法と、卵巣のみの摘出法がある。まこと動物病院では、通常は卵巣のみの摘出法だが、子宮に胎児がいる場合は両方とも摘出せざるをえない。

医療従事者は、「命を救う」という基本理念を持っている。獣医も人間の医者も同じである。胎児のいる子宮を取り出すのは命を捨てる作業である。理念と逆のことをせねばならず、そこに激しい葛藤がある。連日の堕胎《だたい》手術に心を病《や》み、廃業してしまった仲間もいるくらいだ。

まことは獣医であると同時に、病院の経営者である。感情に押しつぶされるほど弱くはない。弱くはないが……。

「気をつけることはありますか？」と青木その子は言った。

「気をつける？」

のんきなことをと、まことは呆れた。これから気をつけたって、三毛猫のお腹は膨らむばかりである。

「ごはんは増やしたほうがいいですよね」と青木その子は言った。

「産ませるつもり？」

「もちろんです」

青木その子は落ち着き払っている。

「子どもはどうする？　こんな狭い部屋で飼うつもり？」

「大家代行の百瀬先生に相談します。このアパートで何匹まで飼っていいか。完全室内飼いではないから、五、六匹は大丈夫だと思うんですけどね。まあでも、引き取り先はあったほうがいいですね。ぼちぼち探しますよ」

まことは呆れた。

百瀬の事務所には現在九匹の猫がいる。一時は二十四以上にもなったが、里親探しにまことも懸命に協力し、なんとか九匹におさまったのだ。なのに今度は百瀬が管理するアパートで猫が増えようとしている。青木その子という新手のブリーダーが入居者だなんて。

どこまで百瀬は猫神に愛されているのだろうか。というか、呪われている？

青木その子は微笑んだ。

「言いたいことはわかっています。猫に避妊手術を受けさせるのは基本ですよね。手術を済ませた猫を譲渡会で里親に引き渡す。それがわたしが長年やってきた活動です」

「わかっているなら」

でも、と青木その子は遮った。

「それは殺処分を回避するためにやっていたことです。違いますか？　東京では殺処分ゼロのスローガンができました。殺処分がなくなる今、あえて手術をする必要がありますか？」

まことは答えに窮した。彼女の言は筋が通っている。しかし、手術をせずにどんどん増えたら、殺処分ゼロ自体が撤回される可能性もある。そうなったら元《もと》の木阿弥《もくあみ》ではないか。

窓から黒い影が落ちてきた。雄の黒猫である。被毛が陽を浴びて輝いている。おそらく三毛猫のお腹の子の父親である。

「無事産まれたらこの子の去勢手術をお願いしようと思っています」

青木その子は膝に乗った黒猫を撫でながら言う。

「やみくもに自然に任せようとは思っていません。ここは東京です。猫だって人と無関係に暮らせるはずもなく、少しは譲歩してもらわないと」

郵便はがき

112-8731

料金受取人払郵便

小石川局承認

1025

差出有効期間
2021年12月
31日まで

〈受取人〉
東京都文京区
音羽二—一二—二一
講談社
文芸第二出版部 行

書名をお書きください。〔　　　　　　　　　　　〕

この本の感想、著者へのメッセージをご自由にご記入ください。

〔　　　　　　　　　　　〕

おすまいの都道府県　　　　　　　　　　性別　男　女

年齢　10代　20代　30代　40代　50代　60代　70代　80代〜

頂戴したご意見・ご感想を、小社ホームページ・新聞宣伝・書籍帯・販促物などに
使用させていただいてもよろしいでしょうか。　はい（承諾します）　いいえ（承諾しません）

TY 000044-1910

ご購読ありがとうございます。
今後の出版企画の参考にさせていただくため、
アンケートへのご協力のほど、よろしくお願いいたします。

■ **Q1** この本をどこでお知りになりましたか。

1 書店で本をみて

2 新聞、雑誌、フリーペーパー 〔誌名・紙名 〕

3 テレビ、ラジオ 〔番組名 〕

4 ネット書店 〔書店名 〕

5 Webサイト 〔サイト名 〕

6 携帯サイト 〔サイト名 〕

7 メールマガジン　8 人にすすめられて　9 講談社のサイト

10 その他 〔 〕

■ **Q2** 購入された動機を教えてください。〔複数可〕

1 著者が好き　2 気になるタイトル　3 装丁が好き

4 気になるテーマ　5 読んで面白そうだった　6 話題になっていた

7 好きなジャンルだから

8 その他 〔 〕

■ **Q3** 好きな作家を教えてください。〔複数可〕

〔 〕

■ **Q4** 今後どんなテーマの小説を読んでみたいですか。

〔 〕

住所

氏名　電話番号

ご記入いただいた個人情報は、この企画の目的以外には使用いたしません。

でも、と青木その子は続ける。

「先生、最近東京の街に猫の姿を見なくなったと思いませんか？」

まことはハッとした。

世田谷区の地域猫を管理している団体から、猫の定期健診を頼まれているが、毎年猫の数が減少している。恐るべきスピードでだ。

まこと動物病院は、基本、人に飼われているペットを診療対象としているので、地域猫については現況を詳しくは知らない。殺処分ゼロを達成する活動を百瀬太郎と協力して進めてきたものの、日々の診療が病院の屋台骨である。

世田谷という土地柄、純血種のペットを診療することが圧倒的に多いのだ。意識も自然とそちらに向いていている。

その子は話し続ける。

「わたしたち活動家は全国の都市部にいて、地域猫の去勢と避妊手術を徹底的に実行しました。その結果、都市部の地域猫は一代限りで命が終わるようになった。外で暮らす猫の寿命って五年くらいですよね。活動が順調に進んだ結果」

そこでいったん口をつぐみ、低い声でこう言った。

「猫はいなくなった」

部屋はしーんとした。まことは言葉が見つからず、あせりを感じた。その子は言いたいことが山ほどあるようで、次々と言葉をぶつけてくる。

「都市部の地域猫は今、絶滅の危機にあります。わたし、自らやってきた活動に疑問を持ち始めました。人に飼われている猫だけが猫ではないでしょう？」

その子の声は力強い。

「純血種はブリーダーが繁殖させます。良心的なブリーダーだけではありません。商売ですからね。高齢になっても無理な繁殖をさせたりします。一方、雑種は繁殖を許されない。ただの一度もです。だって六ヵ月かそこらで、手術をされるんですから。第一、ホルモンバランスが崩れます。ホルモンって生殖のためだけにあるものでしょうか。生きるエネルギーでもあるんじゃないでしょうか。だってわたし、更年期に入って体調が不安定になりました」

「あの……」

「不平等じゃないですか？　雑種は恋を許されないって。一度も恋をせずに、ただ、生きていろって。殺しはしないけど、恋も出産も禁止って。わたしは母の介護に明け暮れ、結婚も出産もせずに今こうしてひとりです。でもそれは自分で選んだ結果です。猫は違います。すべて人間の都合ですよね。人種差別は悪とされるのに、猫種差別は推奨《すいしょう》されるって、変ですよね」

まことは頭がクラクラしてきた。このことについては棚に上げ、大家代行の百瀬がどう対処するか、高みの見物をすることにした。

話を逸らそう。

「電子カルテを作成するので、猫の名前を教えてください」

　タブレットを手にして待つが、返事がない。

「猫の名前は？」

「ありません」と青木その子は言った。さきほどと違い、声が小さい。

「ない？　三毛猫も黒猫も名無し？」

「ええ」

「飼ってもう一ヵ月は経ちますよね。それもなにか考えがあるのかな？　青木さん、あなたの方針ですか？　猫に名前はいらないという信念とか。あ、名前をつける権利について疑念を感じるとかですか？」

「決められないんです」

　さっきまでの力強い弁舌はどこへやら、声はもう消え入りそうであった。

「ものに名前を付けるのが子どもの頃からひどく苦手で。小学生の時、ぬいぐるみにつけた名前を母からダメ出しされて以来、苦手意識があるんです」

「ぬいぐるみにどういう名前を付けたのですか」

「山下」

「ヤマシタ？」

「ええ」

「どんなぬいぐるみ？」

「ぞうのぬいぐるみです。母がバカな子だと鼻で笑いました。ぞっとしました。怒られるよりもトラウマになりました。以来、何かに名前をつけようとすると、バカな子というフレーズが浮かんで、思考停止するんです。もちろんこの子たちに名前はあったほうがいいとは思っているんですよ。二〇一号室の猫はテヌーですってね。しゃれてるじゃないですか。さすが弁護士さん、センスがいいですね。そうだ、まこと先生、決めてくれませんか？」

「わたしが？　青木さんの猫に？」

患者に必要以上に感情移入してはいけない。医療従事者の鉄則である。

「山下というネーミングのセンス、そう悪くはないと思う。前衛的とも言えるのではないかな。ほら、時代を先取りすると、周囲に理解されないのが常だから。山下でも坂下《さかした》でもいい、名前は飼い主が付けたほうがいい」

「じゃあ、山下と坂下にします」

「ちょっとまった」

まことは再び頭がクラクラしてきたので、とりあえず、「青木家の三毛猫」と入力した。

「それと、住所だけど、番地だけでなくアパートの正式名称を知りたいのだけど」

青木その子は声をひそめた。

「正式名称は伏せて欲しいって、百瀬先生が言ってました」

「猫弁が？」

「熊本の大家さんの意向らしくて」

ピンポーンとドアベルが鳴った。

まことは会話が中断されてほっとした。

その子がドアを開けると、「二〇四号室に越してきた赤坂です」という声が聞こえた。心を揺さぶる美声である。

その子は差し出された菓子折りを受け取り、「わざわざすみません。今ちょっと獣医さんが来ていて」と言った。

まことは診療鞄を持ち、立ち上がった。話を切り上げるグッドタイミングだ。

「わたしは失礼するのでどうぞごゆっくり」と言って、玄関を出ようとした。すると「まこと先生ですか？」と美声に呼び止められた。

赤坂と名乗る女性は、このアパートにふさわしくない上質なスーツを着て、目を疑うようなバッグをぶらさげている。エルメスのバーキンである。

「初めまして。わたし、二〇三号室の大福亜子先輩の職場の後輩だった赤坂春美と申します。このたび二〇四号室に入居することになりました。まこと先生のことは亜子先輩からさんざん聞かされてきました」

饒舌な青木その子のあと、輪をかけて饒舌な女が現れた。

「タカラヅカのトップスターのような美人だって。いやー、ほんとにかっこいいですね。ノーメークでこの美しさ。しかも女ひとりで動物病院を立ち上げて運営しているなんてすごい。心底あこがれます」

　握手を求められ、まことはしかたなく応じた。

「ドア薄いんで、さっき聞こえちゃったんだけど、ここのアパートの正式名称、実はわたし、知ってますよ」

「何て言うの？」

「外では言えません。とにかくこのアパートについては、猫弁よりわたしのほうが詳しい部分もありますから、よかったら三人でお茶でもしませんか？　ここで。お菓子もあるし。ねっ」

　その子はもらったばかりの菓子折りを見て、「ああ、そうですね、お茶でも淹れましょう」と言った。

「カントハウス？」

「そう、カントハウスです。大家の梅園さんって、いっとき結婚相談所に通っていたんです。これ言うと守秘義務違反だから、内緒ですよ。わたしが梅園さんの担当だったので、昔話とかさんざん聞かされました。借金してアパートを建てた頃のこととか、まあ、全部本当のことかどうかあやしいですけど」

　春美は引越しの挨拶に持参した厚焼きの草加《そうか》煎餅《せんべい》をばりばりと噛み砕きながらしゃべる。まこととその子は煎餅騒音にかき消されそうになる春美の言葉を拾うように聞くが、時々「なんて？」と聞き直さずにはいられない。

「梅園さんが哲学にかぶれてつけた名前ですよ。バリバリバリバリ。一階の階段脇に『カントハウス』って、大きな看板を掲げていたそうです。ボリボリボリボリ。当時はここに早稲田や学習院の学生たちが住んでいたそうです。バリバリボリボリ。風呂トイレ付きなんて当時は贅沢だったらしいですよ。バリバリバリン！　入居待ちがいっぱいの人気のアパートで、実家からの仕送りがじゅうぶんな学生しか住めなかったらしいです。バリバリバリ。結婚相談所で自分を大きく見せたくてホラ吹いたのかもしれないけど。バリバリバリ」

「ね、食べるかしゃべるかどっちかにしない？」とまことは言った。春美は名残惜しそうに煎餅を置くと、ほうじ茶を飲み、口の中を空にしてしゃべり始めた。

「やがて世の中はバブル景気になって、大学生が親からマンションを買ってもらえるような時代になった。築年数がかさめばかさむほど、このアパートは貧乏人向けという立ち位置に傾いていきて、ついに築十七年目のことです。中卒で三年間パチンコ屋で働いていたという経歴の十八歳の少年が入居を希望してきたのだそうです。梅園さん、ショックだったみたい。アパートがぼろくなると、住人も選べないと、嘆いたそうです。でも空室は損だし、しかたなく受け入れた。受け入れたはいいけど、不良ではないか、妙な仲間が出入りしないかと、見張っていたそうです。留守の間に部屋に入って、荷物をチェックしたりして」

「それ、住居侵入罪じゃない！」とまことは言った。

「そうそれですよ。わたしもそう言ってやったんですけど、梅園さんは、正当な理由があれば、住居侵入罪にはならんと言うのです。こっそり原子爆弾でも作られたらまずいと、世界平和のために侵入していたんですって。屁理屈《へりくつ》こねるじいさんでした。そんなある日、梅園さんは少年の部屋で東大の学生証を発見。そう、まこと先生は気づきましたね。少年は今も二〇一号室にいる百瀬太郎です」

「苦労人なんですねえ」と、その子は感心したように言った。

「苦労の割に暗い影はありませんけどね」

　春美は肩をそびやかす。

「家賃が手渡しの時代で、百瀬少年は毎月きっちり家賃を納めに大家宅にやってきたそうです。ふたつきめの家賃を払う時に、梅園さんは何か困ったことはないかねと尋ねたそうです。すると彼はこう言いました。アパートの造りは良いけれど、名前が気になると。イマヌエル・カントはドイツ古典哲学の起点をなす哲学者で、彼の功績は否定できないけれども、白人至上主義で人種差別的発言もあった。そのことについて梅園さんはどうお考えですかと」

「あいつらしいな」とまことはつぶやく。

「梅園さんはびびったらしいです。カントについては名言集をかじっただけで、インテリ受けするだろうと、アパートの名前にしたのだそうです。人種差別は良くないと、あわてて看板を取り外して、アパートの前の空き地で焚き火にくべたんですって。その火で焼き芋をこしらえて、百瀬太郎とふたりで食べたそうです。人種差別野郎を食ってやったと梅園さんは笑っていました。看板をおろしてからは、近所の人には梅園荘とか、ぼろアパートとか、適当に呼ばれていて、正式名称を変更する手続きはしていないそうです」

まことは電子カルテにカントハウスと打ち込み、「じゃあこのへんで」と立ち上がると、「近々名称は正式に変更します」春美は言った。

「大家代行をわたしが引き継ぐことになるので、カントハウスとか梅園荘とかそういうダサいのはやめます」

「ここに長く住むつもり？」

「夫はミャンマーにいるんです。ロヒンギャ問題とかあるし、治安が不安定です。子どもを産むにはやはり平和な日本がいいと思って」

「子ども？」

「今、五ヵ月です」

まことは腰を下ろし、煎餅を渡した。

「食べづわりってやつか」

「はい、ありがとうございます、いただきます」

春美はさっそく食べ始めた。

「妊娠しているなら、下の階を借りた方が良かったんじゃない？」とまことは言う。

「下の階は今、倉庫になってるんですよ」とその子が言った。そして春美に向かって「うちの猫も今日妊娠がわかったところなの」と言った。

「猫って妊娠期間どれくらいですか？」と春美はまことに問う。

「六十日ってところかな。青木さんの三毛猫はあと一ヵ月くらいで出産するだろう」

春美は頬をふくらませる。

「いいなあ、わたしはあと五ヵ月もある」

「何か手伝うことがあったら、言ってね」とその子は言った。

「うわ、ありがとうございます。本気にしますよ。言い忘れましたが、十八歳の女子としばらく同居するんで、力仕事は彼女にやってもらえる予定」

「十八歳の女子？　妹さん？」

「一週間前に道で拾った子」と春美は言う。

「拾った？　猫じゃあるまいし、そんな子と同居して大丈夫？」

驚いたまこととその子は、春美の顔を覗き込んだ。

「ご心配なく。人の良さは保証付き。猫弁系女子です」

「なら安心」とまこととその子は同時に言った。

春美は言う。

「彼女、詐欺に遭って猫弁に相談中なんですよ。解決するまでたぶん一ヵ月くらいはかかると思う。その間は一緒にいます」

「その女子、今部屋にいるの？」

「早稲田大学の入学式に行ってます」

「早大生？」

春美は首を横に振った。

「聞くも涙、語るも涙の入学金詐欺事件です」

「じゃあ！」

まことは片手を挙げ、部屋を出た。延々続きそうな話につきあっている暇はない。面白い漫画を途中で閉じるような思いで、往診用のワゴン車に乗り、エンジンをかけた。


正水直は空を眺めていた。

こんもりとした芝生の丘のまんなかで、あおむけになっている。草の青い匂いが全身に染み渡る。空に浮かぶふうわりとした白い雲は、さっき犬に見えたかと思うと、数秒後には尻尾がちぎれて熊になり、その後はいわしの群れのように細分化されてゆく。

雲の変化はわかりやすいなあと直は思った。

小学三年生の時、庭の朝顔が開花する瞬間を目撃しようと、濡れ縁で一晩過ごしたことがある。

寝る時には閉じていた花が、朝、開いている。その開く瞬間を自分の目でとらえたかったのだ。はじめは早起きして見に行っていたが、朝顔はいつも開いてしまっていた。日の出に合わせて起きたりもしたが、それでも朝顔は開いてしまっているのだ。

「朝顔はいったいいつ咲くのだろう？」

直の好奇心はふくらんだ。

夏休みに入って、「寝ずに観察しよう」と思い立ち、暗くなってから濡れ縁に出ようとしたら、母が烈火のごとく怒った。

「どこまでバカなの」

ただならぬ怒りようで、直はすっかり怯えてしまった。風邪を引いたらいけないという母心なのだろうが、小三の直にはそれがわからない。母をとりなして「一緒に見よう」と言ってくれたのは父である。父は母に「風邪を引いたら責任をとる」と念書を書いて渡し、母はぷりぷり怒って寝てしまった。

夜は冷えるからと、ふたりで毛布にくるまって朝顔のつぼみを見つめ続けた。毛布はあたたかく、父の匂いがした。煙草の匂いだ。いつのまにか寝てしまったが、父に肩を揺さぶられて目を覚ますと、つぼみがほころびかけていた。まだ日の出前で、街灯の光でどうにか見える状態だった。時刻は深夜の三時半。

一生懸命目を凝らして観察していたが、ほころびは微動だにしない。変化のないものを目視《もくし》し続けるのは根気が要る。再び睡魔に襲われ、次に父に起こされた時、朝顔は八割がた開いてしまっていた。日の出直前で、空も庭も濃い青であった。

結局、開く瞬間を直は目でとらえることができなかった。父も、途中うとうとしてしまったと言う。のちに父は動画を撮ってくれて、早回しで見ると、開く瞬間を見ることができた。けれど、早回しは「嘘」のように思えるのだ。

花が開く瞬間を目視することはできないのだと直は感じた。花と人間とでは流れている時間が違うのだ。三時間半かけて数センチ変化するのを捉える能力が人間にはないのだ。でもそれは、一見変化がないように見えるものも、実は少しずつ劇的に変化しているのだ、という理屈にもつながるのであった。

朝顔の観察でもうひとつ気づいたことがある。

朝顔は光によって開花するのではなく、闇の中で開花するのである。闇にいる時間の長さ、温度の低さこそが、開花に必要な要素なのではないか、と直は思った。逆転の発想である。

直は夏休みの自由研究にこの朝顔の観察で気づいたことを書いて提出したものの、文章力がなく、画力もなく、教師には伝わらなかったようで、漢字の間違いを赤で直されて戻って来ただけであった。

朝顔の不思議がずっと心に引っかかっていた直は、高校時代、生物の教師に質問をぶつけてみた。父の放火事件のゴタゴタの何ヵ月かあとのことである。

すると「実は朝顔についてはわからないことが多い」という答えが返ってきた。つぼみを光に当てず、暗闇に置き続けても開花するが、逆に光の中に置き続けると開花せずにしぼんでしまうらしい。植物は通常、光や温かさに刺激されて芽ぶく。朝顔はきわめて特殊な性質を持った花のようだ。

朝顔の開花に必要なのは闇である。

その時、直はそう確信した。そしてそれをずっと信じていた。

しかし今、違う考えが浮かんだ。

やはり、光や温かさに反応しているのではないか。「今」の光ではなく「昔」の光。つまり「光の記憶」により、開花するのではないか。

父との温かい記憶が今の自分の闇を支えていると思うからだ。甘いナポリタン、りんごの木、やさしい笑顔。それらの記憶が、東京での直を支えている。

ここは早稲田アリーナの屋上である。

早稲田大学戸山《とやま》キャンパスにある巨大な体育施設の屋上である。屋上へは室内を通らずに、外からスロープを登ればたどりつけるようになっている。

屋上庭園になっており、周囲にはところどころ木が植えられている。メインアリーナは

地下二階にある。今、入学式は直の真下で行われている。

受験に勝った者たちの真上で、敗者の直は大の字で空を見上げているのだ。

十時からの入学式に紛れこもうとアパートから一時間かけて歩いて来たが、目に入った緑の屋上に心を奪われ、気が変わった。植栽の間のスロープをてくてく登り、丘にたどりついたのである。

誰もいない丘の上で寝転び、空を眺めていると、自然と明るい気持ちになる。

「今日はわたしの入学式なんだ」

直は心の中でつぶやいた。

「人生という大学に入学するんだ」

心の中で宣言すると、「よーし！」と掛け声とともに上半身を起こした。

「入学おめでとう」と声をかけられた。

心を読まれた？

あたりを見回すと、丘の下のベンチに老人が座っている。顔が長く、手足もひょろ長く、藍色の作務衣《さむえ》を着て、仙人が持つような杖を握りしめている。どこかで見たようなたたずまい。

「あっ」

直は飛び上がった。

慌てて丘を駆け降り、途中、足を取られて頭から転倒、そのままでんぐり返りをして、どうにか立ち上がると、ベンチまで走って行き、草まみれのまま、「ごめんなさい！」と頭を下げた。

「あの時、おばあちゃんと言ってごめんなさい。おじいさんだったんですね」

老人はガハハと愉快そうに大口を開けた。

「女に間違われたのは初めてで、おおいにむかついた！」

「ほんとにすみません」

　老人の白髪は長く、後ろでひとつにしばっている。横断歩道を歩いている時、顔が見えずに束ねた髪だけが見えたので、老婆と思ってしまったのだ。

「あんたにおばあちゃんなどと呼ばれる筋合いはない」と怒鳴られ、傷ついたが、男なのだから、傷ついたのは老人のほうだ。腹がたつのは当然だと、直はすとんと理解できた。

「早稲田の学生さんか」

「いいえ、落ちちゃいました」

「落ちたのに来たのか」

「入学式だけでも見てみたくて」

「そんなもんか」

「結局覗くのやめてここにいます。あの、おじいさんは」

「おじいさんもむかつく」

「おじ……さん？」

「星という名前がある」

「星さんは、ご近所なんですか」

「足がなまらんように、毎日歩いているんだ」

「歩くの好きです。わたしも今日歩いてきました」

「どこから来た？」

「東新宿からです」

そのあと星は口を真一文字に結んで目をつぶった。心臓が止まったのかと直は不安になった。息遣いは聞こえる。眠ったのかもしれないし、瞑想中なのかもしれない。

直はそっとその場を離れた。

歩きながら、そろそろ母に電話を入れたほうがいいだろうと考えた。

一週間前の夜、「無事寮に入れた」と嘘のメールをして以来、連絡を取っていない。母を安心させるために「入学式に出た」と電話をしようと思ったが、嘘は苦手だから実際に入学式に出てみようと思ったのだ。でも嘘は苦手だから、紛れこむこともできない。

本日は四月一日。エイプリルフール。皮肉だ。

メールより電話のほうが嘘をつきにくい。

携帯電話を手にしたまま、かけられずにいると、「見てやろうか」と声をかけられた。

振り返ると、星は丘の上にいる。あの足でよく登れたと感心した。

「来なさい、見てあげよう」と星は手招きする。

直は体がこわばった。高齢だからと油断していたが、変質者だったらどうしよう？服を脱ぎなさい、胸を見せなさい、なんてことになったらどうしよう？　東京は怖いところだから何があるかわからない。

「何を……見るんですか」

「お前さんのこれからだよ」

ぎくっとした。

今一番知りたいことを言われて、心が動いた。

「見えるんですか？　星さん、占い師？」

「そうさ占いだ。趣味だから金は取らんよ」

直は丘の上へ駆け上がり、ふたりは芝生の上で向き合って座った。

星はふところからノートとペンを出して直に渡し、生年月日と生まれた時刻、氏名を書くように促した。それはノートというより、帳面と呼ぶのがふさわしい、和紙を糸で綴じたもので、ペンは万年筆であった。直は万年筆を使うのは初めてだったが、和紙との相性が抜群で、書き味が良かった。

さらさらと書いた。

十一月七日生まれ。生まれた時刻は四時一分と、父から繰り返し聞かされていた。「イイナヨイ、すばらしい瞬間に生まれた子だ」と父はことあるごとに言った。おねしょをしてしまった時も、テストでひどい点を取ってしまった時も、叱る母の前で、直をかばった。「ヨイ子なんだから」と。早稲田大学の受験番号が１１７４１だったので、運命を感じ、ひょっとしたら入れるかもと思ってしまった。

直はこれらのことを思い出しながら、言われたように書き、帳面と万年筆を返した。

星は直の目を覗き込むようにして、言った。

「何が知りたい？　一番気になっていることは何だ？」

直はごくんとつばを飲み込んだ。

「お金をなくしたんです」

言ったあと、自分がすごく愚か者に思えて、直はうつむいた。

占ってもらうのに、一番気になることが「お金」だなんて。恋でも学業でもなく「お金」だなんて、みじめだ。でもそれが正直な思いなのだ。

「大きなお金です。親のお金です。どうしたらなくしたお金を取り戻せるのか。何年で親に返せるのか。それには何をすればよいのか、知りたいです」

星は「うむ」と言った後、帳面に何やら計算式のようなものを書き込み始めた。さらさらさらとペン先が紙をこする音が心地よい。フィギュアスケート選手が氷上に美しい弧を描くシーンが浮かんだ。

静かな時間が流れた。

直はこの時間が永遠に続けば良いと思った。占いなんて信じていないし、期待もしていないが、星の筆使いは見ていて飽きなかったし、なにしろ風が心地よかった。屋根がない広い空の下で、吹き抜ける風を全身に感じる快感。

先を思うと辛い。

甲府へ戻るのが嫌だ。騙されたことを母に伝えるのが嫌だ。卒業した高校に「早稲田合格は間違いでした」と報告するのが嫌だ。周囲の憐れみの目が嫌だ。

父が放火犯となった時、直や母を責める者はいなかった。「かわいそう」とみなが優しくしてくれた。そんなふうにまた、されるのだ。

憐れみは、ありがたいものだ。周囲の同情があったから、地元に残れたし、これまでやってこられた。ありがたいが、苦しくもある。借金が膨らんでゆくような気がするのだ。この先さらに憐れみを受けながら生きることになるなんて。

先には面倒なことばかりが待っている。山ほどの宿題が待っているのだ。自業自得という理由で。

どのくらい時間が経ったのだろう。遠くで人の声が聞こえた。

大勢の人の声だ。入学式が終わったらしく、地下から地上へわらわらと群衆が現れた。まるで蟻《あり》のように。

明日から早稲田大学で学ぶ人たちだ。直にとってまぶしい人たちが地上を闊歩する。まぶしい人たちとその保護者たち。直はあそこにいるはずだった。みなスーツを着ているが、直は今の服装、トレーナーとズボンで参加する予定だった。服装なんてどうでもよかった。あの群れに紛れていたかった。

「金をこしらえるのは無理だな」

直はハッと我に返り、星を見た。

星は直をまっすぐに見つめている。まつ毛の長いおじいさんだ。

「お前さんに金稼ぎは無理だ。しかし、金は戻ってくる」

「戻る？」

帳面の紙を千切って渡された。

直が書いた生年月日と時間と名前の周囲に、文字や数式が散乱している。そこに書かれている文字も数式も直には理解できない。じっと見つめていると、夜空の星を見ているような感覚に陥った。

「金は戻ってくる」という言葉が胸に響く。

「お金は、戻る」

直は紙を見ながら嚙みしめるようにつぶやいた。

顔を上げると、星の姿はなかった。あわてて見回すと、杖をつきながら、ゆっくりと丘を下ってゆく老人の丸い背中が見えた。

ありがとう……直は心の中でつぶやいた。

また憐れみをもらった。お金をなくした十八歳をかわいそうに思って、励ましてくれたのだ。

やはり憐れみはありがたい。

憐れみの借金を返せる日は来るのだろうか。

「わたしの何がいけなかったんでしょうか」

佐藤良夫《さとうよしお》、四十四歳は肩を落とした。

「いけないところなんてありません。佐藤さんのせいではありませんから」

大福亜子は明るい声で励ました。

ここはナイス結婚相談所の七番室である。

気を落としている男性会員にどうか上を向いてほしいと亜子は願う。後ろ向きでは縁に恵まれない。そうならないように励ますのが自分の役割だと亜子は心得ている。マニュアルはない。ひとりひとりの立場や性質を見極めねばならない。

亜子は脳内ですばやく状況のおさらいをする。

男女が見合いをして、女性はすぐにＯＫの返事をよこした。

一方、目の前で肩を落としている佐藤良夫は、返事に一週間かかってしまった。彼がようやくイエスと答えを出したら、女性がノーと言い出したのだ。

女性はプライベートな出会いで恋をした。そして退会の意を示して会員証を置いて去ってしまったのだ。

それから一週間、彼女は戻る気配がない。亜子は会員証を預かっており、退会手続きを保留にしている。女性が後悔して戻ってこないか、見極めている段階である。料金が新たに発生しない一ヵ月は様子を見たいが、佐藤良夫にそのあいだ「待て」とは言えない。ダメになったら次のお相手を紹介するのが結婚相談所というものだ。

一度イエスと返事をもらったのに、覆った。そのことに佐藤はダメージを受けている。

まずは気持ちの切り替えが肝心だ。負の気持ちのまま別の女性と会っても、自信のなさが相手に伝わり、うまくゆくものではない。

「お相手は佐藤さんを嫌いになったわけではなく、プライベートに変化が生じてここを辞められたのです。ですから佐藤さんに問題はありません」

「でもイエスと返事してくれていたんですよね。やはり一週間かかったのがいけなかったのでしょうか？」

「それは……少しは影響したかもしれません。けれど、お答えは一週間以内にというルールですので、期限は守っていただいていますし、遅い返事だから悪いということはありません。じっくり考えてのお答えということですから」

「じっくり考えて、ではないんです」

「え？」

「答えはイエスだったのですが、彼女の条件に合わせる環境づくりに時間がかかったんです」

「環境づくり？」

ええ、と佐藤は頷いた。

こめかみに浮かんだ汗のつぶをしきりにハンカチで拭っている。きちんとアイロンのかかった清潔そうなハンカチである。

男前とは言えないまでも、過不足なく整った顔。中肉中背、お腹は出ておらず、健康そのものである。身だしなみは地味だが、清潔感がある。

　佐藤良夫は就職氷河期どまんなかの世代である。ナイス結婚相談所にはその世代の登録者が多い。就職でつまずき、懸命に仕事を探している間に、異性と出会う機会を失って、四十を過ぎてしまった人たちである。全体にひかえめな口調で話す人が多い。社会の罪を自己責任のように受け止めているのかもしれない。

　佐藤は名のある大学を出たものの、希望の会社に就職できず、学生時代にバイトしていた塾の講師を続けることにした。しかし、大手予備校の勢力に押され、塾はまもなく倒産。

　その後はさまざまなアルバイトを経て、今は児童相談所の非正規職員である。報酬は月に十九万。勤務日数は月十六日ということになっているが、実際は二十五日以上勤務している。それでも報酬は上がる見込みはない。大手予備校の採点のアルバイトを内職にして、なんとか年収三百万を維持している。めいっぱい働いている。それは確かで、唯一の贅沢はナイス結婚相談所に登録したことである。

　母の強い勧めがあったという。

　佐藤は実家で母親と同居しており、家賃がかからないので生活できているが、見合いで例の女性が「姑と同居はできません」と言ったので、母と話し合い、結婚が決まったら、別に暮らすという約束をした。その話し合いに一週間かかってしまったというのだ。

　母一人子一人の家庭であり、絆は強い。佐藤の母は、息子が独身でいることのほうが心配だから、自分がよそに移ってもいいと言ってくれたのだそうだ。

「優しいおかあさまですね。同居を望んでくれる女性を探しましょうか？」

亜子は言いながら、お腹の中では「そうなると決まらないかもしれない」と思った。

結婚が決まらない要因として、「同居」や「家族の絆が強い」というのが、あるのだ。家族が互いを思いやっており、仲が良いことにより、相手には「入り込めない」印象を与えてしまう。そして本人も「家族といるほうが幸せ」となってしまうのである。

家族に負の要素があると、むしろ次へ進むエネルギーとなるのだ。皮肉なものである。亜子自身、あたたかい家庭に育った。恋をしたため家を出ることができたが、時々母の作った卵焼きが無性に食べたくなる。実家があたたかいと、精神的に子どもであり続けてしまいがちなのだ。

佐藤は「変わろうと思います」と言う。

「今回のご縁はなくなりましたが、これを機に一度、家を出てみようかと思います」

「それはいいかもしれませんね。おかあさまが元気なうちに、独立してみるのも」

それだと見合いの条件はかなりよくなると亜子は考えた。

「安いアパートを探してみます」

「安いアパートですか……」

佐藤の実家は世田谷にあり、庭もある4ＬＤＫである。母親の好みで去年リフォームし、アイランドキッチンがあるそうだ。広い家におしゃれなキッチン。場所は世田谷。これって、結婚条件としてかなり高得点だ。格安のアパート住まいの独身男とどちらが上かというと、女性が求める傾向としては、姑付き4LDKの勝ちであろう。

「格安アパート住まいの独身男って、猫弁そのものじゃん！」という春美のツッコミが聞こえてきそうだ。

百瀬のことはさておき、亜子は考えた。せっかく自立を思い立った佐藤に「得策ではない」と伝えるのはいかがなものだろう。亜子は言葉を探し続ける。

佐藤は言う。

「自立していない男は女性から見て頼りないのだと思います」

佐藤は自己分析をしたようだ。

「まずはひとり暮らしに挑戦して、男を磨いてみようかと」

亜子は「それもいいかも」と思い始めた。

彼が家を出て男磨きをしている間に、例の女性会員が戻ってくるかもしれない。早急に次の相手を紹介するよりも「一度はお互いにイエス」を出し合った相手との仲をじっくり結び直すほうが得策かもしれないと思うのだ。

彼女の退会を保留にできるのは一ヵ月である。彼の自立を急かしたほうがいいだろう。

「どんなアパートがお望みですか？」

「勤め先に近いので新宿が良いです。それと、汗っかきなので、風呂は欲しいです。その条件で五万円以下の家賃って、無理ですかね」

亜子は運命だと思った。

「あります、あります。今は空室がない状態ですが、すぐに空けることができますよ」

「結婚相談所って、アパートも紹介してくれるんですか？」

「これはわたし個人が提供する情報です。実を言うとわたしも長年親と同居していて、独立したばかりで、そこに住んでいるのです」

「やはり自立のためですか？」

「ええ……まあ」

見合いがうまくいかなかった佐藤に「わたしには婚約者がいるの♡」とは言えない。

「敷金は一ヵ月分、礼金はなしです。家賃はちょうど五万で、お風呂も付いています。古くて殺風景な造りですけど、良心的な大家さんです。お給料の範囲内でひとり暮らしをするには、ちょうどよいかも。一度見にいらっしゃいますか？」

「ええ、見てみたいです」

「えーとわたしが休みの日はですね」

「善は急げで、今日帰りに外観だけでも見てきます。ひとりで行けますよ。住所を教えていただけますか？」

「室内は見なくていいんですか？」

「職場からの利便性さえ確認できればいいんです。内装なんてこだわりません。いずれわたしは実家に戻る身ですから」

「え？　帰るんですか」

ええ、と佐藤は申し訳なさそうな顔をした。

「わたしは今、児童相談所で働いています。子どもたちの劣悪な環境を見るにつけ、非正規だからと定時で仕事を切り上げる気にはなれません。先日は虐待の恐れのある子の家を訪問中に、乳児おきざりの報を受けました。家に入れるチャンスは滅多にないので、目の前の子を救うことに専念しました。一日がかりで保護にこぎつけましたが、乳児のほうは行けずじまいでした。解決したという連絡はもらいましたが、心配です。行くのが遅れたために悲しい結果になることもあります」

佐藤はふうっとため息をつく。

「つくづく思うんです。自分はなんて恵まれた環境で育ったのだろうと。母に感謝するとともに、そんな自分だからこそ、人生を削って子どもたちのために働かねばならないと思うのです」

「佐藤さん」

「愛情を注いで育ててくれた母が年老いた時、わたしはできる限りそばにいたいのです。老いた母を放って自分だけ幸せにはなれません。今回、家を出るのは、自分を強くするための一歩です。おかげさまで母はまだ元気なので、今のうちだと思います。結婚は……やはり……」

佐藤は言い淀んだ。

亜子が代わりに言った。

「同居してくださるお相手を探しましょう」

佐藤はほっとした顔をして、深く頷いた。そして住所のメモを握りしめ、出て行った。

亜子はデスクから例の女性の会員証を取り出し、無効にするためハサミを入れた。

母思いの佐藤に幸あれと願いながら。

第五章　バビロニア神殿

「出てきたところをつかまえる、それしかありません」

受付嬢にそう言われて、百瀬太郎は大手芸能プロダクション『桜《さくら》』の出入り口で社長を待った。

ここは渋谷のタワービル二十七階である。

社長は企画会議中で、終わったら会社を出てエレベーターで地下の駐車場へ。車で銀座へ向かい、高級料亭で映画会社社長との昼食会の予定だ。

忙しい身で、一ヵ月前にアポを取らないと会えないし、そもそもアポは滅多に取れない、という情報を得て、突然にやってきた。社内にいるということで、運が良かった。百瀬の名刺を見て、受付嬢は「猫弁さんですか！」と目を輝かせた。

彼女は猫ブログランキング七位の人気ブロガーだそうで、「猫ブログ界では神ですよ、先生は」と興奮し、握手を求められた。ファン心理が優先し、守秘義務違反も厭わないようで、「社長と話したければ、このドアからエレベーターに乗るまでが勝負です」と教えてくれた。

百瀬は待った。オフィスのドアの前でひたすら待った。会議は十二時までの予定だったが、現在十二時十七分。銀座での昼食会は十三時半からということだ。渋谷から銀座までは約六キロ。都内は道路が混むので遅くとも四十分前、つまり十二時五十分にはここを出るだろう。

待っている間も出入りが激しい。セキュリティーが厳しく、カード認証、指紋認証、とにかく出入りには認証が必要だ。

タレントのマネージャーらしき人や、タレントかもしれない人が出たり入ったりしている。百瀬は自宅にテレビがないので、誰が誰だかわからない。みな洒落た服を着ている。それはファッションに疎い百瀬にもわかり、「洋服の赤山」で五年前に購入した紺のスーツの肘《ひじ》が光り始めていることに気づき、居心地の悪さを感じた。普段は自分の身だしなみについてどうこう思ったりしないが、一時間も同じフロアに立っているので、思い煩う暇ができてしまった。

ふいにドアが開き、仕立ての良いスーツを着た胸板の厚い中年男が飛び出してきた。社長か？　すぐ後から小柄で猫背の青年が出てきた。運転手か？

ふたりとも手ぶらで、エレベーターホールへと走っている。

受付嬢が「今よ！」というように百瀬に目配せをした。

百瀬はふたりを追いかけた。彼らがホールに到着するやいなや扉が開き、ふたりはあっという間に中に吸い込まれた。百瀬は身体能力の限りを尽くしてダッシュ、閉まりかけたエレベーターに飛び込んだ。

ばつん！

衝撃をくらったが、扉は「ごめんね」というようにのろのろと開き、なんとか乗り込むことができた。

はあ、はあと息が上がる。今が話しかけるチャンスだ。地下に着くまでに話をしなければと思うが、なかなか息が整わない。

「大丈夫？」

青年に労《いた》わられた。

「売り込みは断る」と中年男が言う。「書類選考が先だ」と、かなり上から目線である。

「こんなの、売り込みにくるわけないじゃん」と青年は笑った。

こんなのが気になったが、今はそれどころではない。

「だってさあ、弁護士だよ。見てごらん、襟のバッジ」と青年は言う。

百瀬はようやく息が整い、「社長にお伺いしたいことがありまして」と言った。中年男に言ったつもりが、青年がしゃべった。

「アポなしはＮＧだよ」

そのあとは中年男が話を続けた。

「我が社は違法営業はいっさいしておりません。社長は法学部出身で法律にはお詳しいですから」

なんと猫背の小柄な青年が社長なのだ。中年男はボディガード兼運転手なのだろう。

「法学部出身ではないよ、入ったはいいけど、中退」

青年社長ははにかむように微笑んだ。

百瀬は名刺を差し出した。

「すみません、代替わりされたとは知らなくて」

「親父に用？」

「星一心さんのことをお伺いしたくて」

「星一心？」

社長と運転手は顔を見合わせた。

地下に着き、エレベーターの扉が開いた。ふたりは素早く出て行った。青年社長は途中で振り返り、百瀬に「乗ってく？」と言った。

メルセデス・ベンツVクラスの二列目のシートに社長と並んで座ることを許された。

「星一心がどうしたって？」

興味深そうに青年社長は問うてきた。星一心のことが知りたくて乗せたらしい。

「ご家族からの依頼で星さんを探しているのですが、居所がつかめません。こちらの事務所の社長さんが鑑定を依頼しているという情報を得て、社長さんならば連絡先をご存知かと思い、伺いました」

「ぼくは星一心と会ったことなどないし、占いに頼ったこともない」

「そうですか」

「うちの事務所が星一心と関わってるって、それ、どこからのリーク？」

「出版関係者から伺いました」

「ガセではないけど、古い情報だよね。ぼくの代になってからは、そういうの、一切なし。経営についてはコンサルティングファームと顧問契約している。ちなみに弁護士事務所とも契約しているので、そっち系の売り込みもナシだからね」

「そのつもりはありませんので」と百瀬は言った。

　青年社長は百瀬の上着を指差して、「困ってるように見えるよ」と言う。

「お気遣いいたみいります。では、前社長、つまりおとうさまが星一心さんに鑑定を依頼していたのは確かですね」

「親父が倒れる前まではね」

「ご病気ですか？」

「五年前に脳梗塞で倒れて、以来経営からは手を引いている。今は施設でのんびり暮らしてるよ。星とも連絡は取ってないはず」

「そうですか」

「親父もバカだよな。経営を占ってもらうくらいなら、人間ドックで健康管理をしておけばよかったのに」

「そうですね」

「まあでも、星一心に頼っていたのは親父だけではないよ」

　青年社長は顔をしかめた。

「親父の世代の経営者たち、なぜだか星一心を信じるんだよな。ぼくが知ってるだけでも二十人は下らない。事務所をどこに移転するとか、どのタイミングで子会社を作るとか、企業買収とか、ここぞというときに、星一心に会いに行くんだ。で、御神託《ごしんたく》をいただく。中には政治家もいたよ。立候補するタイミングを占ってもらったらしい。あんな非科学的なものに頼るなんて、昭和の亡霊だよね」

「昭和の亡霊？」

「ぼくらはそう呼んでた。親父たちも星一心も昭和の亡霊だって」

「ぼくらとは？」

「創業者の二代目で『Jの会』っていうの作って」

「Jとは？」

「『ジュニアの会』だよ。一代で会社を築いた社長の跡取り息子たちが、中学生の頃から月一でうちのハワイの別荘に集まって、親父らの経営の古臭さを嘆いたり、自分らで会社を変えてやる、って会社経営の勉強会を開いてたんだけど」

財力のある家の子どもは、やることが違うと百瀬は思った。

庶民は勉強会を友だちの家や団地の集会所でやる。

百瀬もよくやった。小学生の頃、同級生の母親たちに頼まれたのだ。

「うちの子に勉強を教えて」と。

みなが百瀬をうちに呼びたがった。「家庭教師よりも優秀」と評判が高かった。百瀬は金を取らない。塾と違って金がかからない。母親たちは「ありがたいわ、百瀬くん」と喜んだ。

日替わりでひとの家に上がって勉強を教えた。ジュースやクッキーでもてなされた。夕飯を食べていくよう勧めてくれた家もある。

今思えば、勉強会は口実で、母親たちが孤児を哀れんで、家庭の味を振る舞ってくれていたのかもしれない。実際、百瀬は勉強会が好きだった。おやつも施設の食堂で食べるのと趣が違うのだ。ミカンひとつぶでの争いもない。普通の家庭を味わうよい経験になった。

家庭のある友に妬みの感情はわかなかった。友が幸せだからこそ、自分にもこうして分け与えられるのだ。それがありがたかったし、自分もいつか家庭を持ちたいと夢が膨らんだ。

勉強会は中学を卒業するまで続き、教えた同級生たちはみな希望の高校に進学し、百瀬ひとりが社会へ出た。

『Jの会』ではさ」

青年社長は当時を懐かしむように話す。

「星一心の話題になって、奴はキナ臭いぞと。なにせ高額の鑑定料を取る。あれ、ぼくたちに小遣いでくれたら、新型のフェアレディZが買えるのにって、ジュニアにはえらく評判悪くて」

親の経営方針を批判するが、親から車を買ってもらうことには抵抗がないようだ。

都内の道路はやはり混んでいる。

十三時を十分過ぎた。食事会に間に合うのだろうか。映画会社の社長を待たせて大丈夫なのだろうか。芸能プロダクションの社長と映画会社の社長では、どちらが立場が上なのだろうか。門外漢の百瀬にはさっぱりわからない。

青年社長は話し続ける。

「親父たちはバブルの恩恵で勘違いした世代でしょ。ぼくらは堅実。泡なんか信じない。世代交代して、今では星一心に頼る経営者なんていない。少なくともぼくの周囲にはね」

「そうなんですか。でも占いの需要は今もありますよね」

「遊びとしての占いは残ると思うよ。可もなく不可もないやつはね。恋愛運を見る星占いや花占いとか。それって娯楽というか、気休めでしょ。当たるなんて期待してなくて、天気予報みたいにさ、ほら、明日の天気予報は信じるにしても、一週間後なんてあてにできないじゃん。天気は変わるものだから。でもみんな週間天気予報を見る。気休めに。知ってる？　天気予報って視聴率が跳ね上がるんだよ。はずれてもクレームの電話がかかってこないしさ、テレビ局にはおいしいコンテンツなんだ。占いだってそうさ。はずれたってクレームはこない。はずれるものだからさ。いまどき社運がかかる岐路《きろ》で占星術に頼る経営者なんていないよ。占星術はオワコン」

「オワコン……」

「たしかに流行った。それは事実。しかも経営者の間でね。億の金を動かす経営者が、非科学的な占いを盲信した時期がある。恥ずかしながらうちの親父もそう。たしかに星一心の占いはよく当たったよ。それも事実。でも時代は変わったんだ。これからはＡＩだ」

「人工知能？」

「そう。いずれ経営方針もＡＩが決めてくれる。シンギュラリティ、知ってる？」

「技術的特異点ですね」

「そう。技術が人間の知性を超え、世界が大きく変わる日がくるんだ」

「アメリカのレイ・カーツワイル博士は二〇四五年と予測しました」

「ぼくはもっと早く来ると思う。それを活用しない手はないよ。人に先んずるには、ＡＩに頼るべき。経費だって星一心の鑑定料の十分の一で済む」

　青年社長は目を輝かせる。

　ＡＩが自らを改良し、人智の及ばぬ進化をし始める日が来る。そうなると進化のスピードは無限に加速する。青年社長はそれを好意的に解釈しているし、カーツワイル博士も豊かな未来が訪れると、楽観視している。

しかし、主役が変われば、目指す幸福の質も変わる。豊かな未来は人間にとってではなく、ＡＩにとって、ということになる。百瀬はそれが不安でならない。

車は停まった。料亭の前だ。きっちり十三時三十分。

百瀬は頭を下げ、料亭に吸い込まれる青年社長を見送った。


あぶらのしみた真っ赤なのれんには「中華そば」と平凡な黒い文字が浮いている。店の名前はあるのかないのか、看板は見当たらない。

スープの匂いがたちこめる店内は、カウンターに七席、テーブルはふたつしかなく、ひとつのテーブルにはテレビカメラが据えられており、音を拾う機材を若い男が腕を突っ張って掲げている。

百瀬は「まだこういう店が残っているんだ」とどこかほっとするような思いがあった。

メニューは壁に貼ってある。大きな模造紙に筆文字で、ラーメン、タンメン、チャーシューメン、五目そば、チャーハン、餃子のほか、オムライスやドライカレー、アジフライ定食などと記してあり、紙は油がしみて黄ばんでいる。

カウンターの向こうの厨房ではおとなしそうな店主がスープの灰汁《あく》を掬《すく》っている。七十歳くらいか。客はぽつり、ぽつりとしか来ない。

番組制作会社のスタッフ三人は、ひたすら来客を待ち続けている。

のれんが揺れた。

サラリーマンらしき客は、「何？　撮影？」と虚をつかれた顔をした。

スタッフが「『みんな何食う？』です」と答えると、とたんに客は「見てますよー」と笑顔になった。客は撮影を快諾し、チャーシューメンを注文した。店主はにこりともせずに手早く麺を茹《ゆ》で、どんぶりからはみ出す大きなチャーシューをどんと一枚のっけて客の前へ持ってきた。客は常連のようで、笑顔でうまそうに麺をすする。

百瀬は一時間近く店内で収録を見学しているが、何が何だかわからない。

客が出て行き、カメラが止まったタイミングで、腕組みをしているディレクター田丸道《たまるみち》子《こ》に尋ねた。

「これっていったいどういう番組なんですか？」

田丸ディレクターはのれんを睨みながら話す。

「画《え》で説明するとね、まず、スタジオにゲストが三人いる。で、次にこの店の外観、内観、そしてメニューを映す」

壁のシミだらけのメニューが痛々しい。

「で、ゲストはその日一番多く注文されるであろうメニューを予想する。予想したあと、ここで収録した映像をゲストたちは見る。この店の客が何か注文するたびに、スタジオではやった、とか、うーんとか、騒ぐわけですよ」

「予想が当たるとどうなるんですか」

「予想が当たったゲストは、自分が出演するドラマや映画の宣伝ができるというご褒美があるというわけ。まあでも、勝者は決まっているの。映像は録画だし、答えをゲストに教えてあるから。番宣できる約束で俳優がゲストとして出演するわけ」

「そんなことで視聴率が取れるんですか」

「あなた何も知らないんだなあ」

　田丸ディレクターはつぶガムが入った筒状の容器を口に当て、呷るように流し込んだ。口いっぱい頬張ると、盛大にくちゃくちゃと噛み始める。喫煙者だなと百瀬は思った。禁煙スペースで煙草を我慢せねばならない時、ガムに頼る人が多い。こんな豪快な噛み方は見たことがないが。

「『みんな何食う？』はバラエティトップの視聴率を誇る人気コーナー。今や番組作りの鉄則は、視聴者の胃袋をつかめ」

「視聴者の胃袋？」

「そ。人間は欲望のカタマリでしょ。欲望を満たす番組作りが鉄則。テレビで睡眠欲誘っちゃまずいし、性欲は地上波ゴールデンでは無理。食欲が無難かつ王道。食欲に訴える番組が勝利するのよ。製作費が最小限に抑えられるしね。だって放送後は店に客が押し寄せるでしょ。宣伝になるからと無料で場所を提供してくれるわけ」

百瀬はなるほどと頷く。店主を見ると、スツールに腰掛けて新聞を読んでいる。欲はなさそうで、もちかけられた話に、面倒だから「うん」と言っただけだろう。

「客が少なすぎるなあ」

田丸ディレクターは眉根を寄せた。それからやっと気付いたように、「弁護士さん、あなた何の用だっけ」と言う。

「田丸さんは十年以上前に『バビロニア神殿』という番組のディレクターをされていましたよね？　御社に問い合わせたところ、田丸さん、あなたが担当されたと聞きました。で、今日はこちらで撮影と伺ったので」

「うん、『バビ神』ね。やってたけど、それが何か？」

「ここではちょっと……あとで少しお時間いただけますか？」

田丸ディレクターは腕時計をちらっと見た。

「なら弁護士さん、あんた客をやってよ」

「え？」

「好きなものを注文していいから、客をやってよ」

百瀬は「やらせはできません」と言った。

田丸は食い下がる。

「あとひとりで撮影終了なんだ。さっさとやってくれたら、お時間いただけちゃうよ？」

百瀬は迷った末、うなずいた。

「では、ちゃんと自分の金で食べます。お腹は空いているので」

新聞を読んでいた店主がちらっと百瀬を見た。

田丸は鼻で笑った。

「律儀な弁護士だなあ。そんなんじゃ、この国ではやっていけないよ」

百瀬はネクタイを整えながら言った。

「外から入るところから自然にやりますので。そこはちゃんと、やりますから」

いったん外へ出て深呼吸をし、のれんをくぐって中に入る。席に着くと、メニュー表を眺めた。

迷う。すごーく迷う。

百瀬は「注文通りの品が来ないという宿命」を背負っている。アイスコーヒーを注文するとコーラが来るし、石臼挽きが売りの蕎麦屋で蕎麦を注文してうどんが来たこともある。塩ラーメンを頼むと味噌ラーメンが来るので、先回りして味噌ラーメンを注文すると豚骨ラーメンが来たりする。

カメラが回っている時に店主が間違えると、恥をかかせることになる。そこで、間違われそうにないメニューを探そうとしたが、迷宮に入ってしまった。迷いに迷う。田丸ディレクターのいらいらが伝わって来る。このままではお時間をいただけなくなってしまう。

思い切って店主に尋ねてみた。

「おすすめはありますか？」

「カット！」と声がかかるかと思ったが、カメラは静かに回り続けている。

店主はぼそりと言った。

「ハムカツ丼」

百瀬はメニュー表を見た。カツ丼はあるが、ハムカツ丼はない。裏メニューのようである。番組的に大丈夫かしらんと思ったが、せっかく勧めてくれたのだ。

「ではそれを！」

ぐうっと腹の虫が鳴ってしまった。その後はカメラのことをすっかり忘れて店主の手さばきを見た。

冷蔵庫からハムのカタマリを出し、薄く切るところから調理は始まった。紙のように薄く切られたハムとハムの間にスライスチーズを挟み、小麦粉、溶き卵、パン粉の順につけて、軽く手のひらで押さえる。衣を馴染ませる間に、どんぶりに白いご飯をたっぷりとよそう。ハムカツを高温でさっと揚げ、油をよく切ると、煮立てた鍋のタレに一瞬くぐらせ、まな板の上に置く。包丁で井の字に切り、熱々ごはんの上にのせ、仕上げに三つ葉を散らす。

手品のようにあざやかな手つきであった。ハムカツ丼は見事に仕上がり、百瀬の前へやってきた。切り口からチーズがとろけ出る。

赤だしの味噌汁と、色の薄い沢庵《たくあん》付きである。

ハムカツ丼を注文し、ハムカツ丼が目の前に置かれた。それだけでも百瀬にとってはありがたいことであったが、期待をはるかに超えたうまそうな見た目と香ばしい香りに、唾液が口の中にあふれた。

「いただきます」と言って、百瀬はハムカツ一片と白いご飯を同時に口に放り込んだ。

途端、体じゅうの細胞がふわっと膨らむ。

「う、うまい！」

その後の記憶はなく、気がついたらどんぶりの底が見え、味噌汁も沢庵もすべてが消えていた。

「すごいです。うまいです。さすがです」

百瀬は感動で立ち上がると、店主に握手を求めた。おとなしい店主は頬を赤らめ、握手に応じてくれた。

「こんなうまい飯、食べたことありません」

「ほめ過ぎだよう」

店主は別人のように明るく、笑顔だ。

「人に紹介したいのですが、お店の名前は何というのですか？」

「名前がいるかな」

「あったほうがいいと思います。屋号はどう届けているんですか」

「大昔、『めし屋』で届けたんだけど、何のめしかわからんと人に言われて、中華そばというのれんを出したんだが」

「『めし屋』、いいじゃないですか。『めし屋』という看板を出したらどうですか」

「看板はあるんだけど……地震で傾いたのではずして、今は納戸に入ってる」

「ではぜひ掲げてください。いい名前じゃないですか。看板出すの手伝いましょうか」

「そうかい？」

「ええ、やります。やらせてください」

百瀬は腕まくりをした。こんなにおいしいハムカツ丼は、あの人にもこの人にも食べさせてあげたいと百瀬は張り切った。

「ちょっといい？」

田丸の声にハッとした。すっかりカメラの存在を忘れていた。怒られると思ったが、田丸は笑顔だ。

「ハムカツ丼、三人分追加。わたしたちも食べたくなっちゃった」

カメラはなしで、スタッフは仲良くハムカツ丼を食べ、そのあまりのおいしさに、みな笑顔になった。

田丸はさきほどの百瀬の言葉を「キレがある」と褒めた。

「すごい、うまい、さすが。これ、番組で店のキャッチフレーズに使わせてもらうね」

最後に店主へのお礼にと、みなで看板を引っ張り出し、綺麗に磨いて、店の表に設置した。

深夜二時。

百瀬は赤坂にある番組制作会社の一室で、段ボールの山に埋もれていた。

『バビロニア神殿』を製作したのは十年以上前で、その時の資料や記録はこの部屋のどこかにある、と言われて、調べさせてもらっている。

『みんな何食う？』のスタッフたちは別室で編集作業をしている。資料が見つかったら持ち出さずにここで読み、質問があったら声をかけてと言われている。

資料は見つかった。

データではなく紙で記録を残しているので、チェックにも時間がかかる。七重の証言によると「三回くらいで終わってしまった」ということだったが、その通り、放送されたのは三回分であった。

百瀬は七重の記憶力を不思議に思う。事務で使う表計算ソフト、エクセルの使い方が覚えられず、「アクセルは数字がぴょんぴょんします」と言って毎度野呂を落胆させているのに、好きなテレビ番組の記憶は脱帽モノである。タイトルを『バビブベボの部屋』と言ってはいたが。

資料によると、三人の新人タレントが星一心に占ってもらい、「声の仕事が向いている」とか「芸能の仕事は向いてない」など、具体的な言葉を投げかけられている。やらせではなく、「向いてない」と言われた若い女性は泣き崩れたと記録に残っている。タレント事務所からクレームがきたが、強引にオンエアにもっていき、以後、その事務所と制作会社は犬猿《けんえん》の仲になってしまった。その記録も残っている。

　百瀬はスマホを使って三人の現況を調べたが、「声の仕事」と言われた男性は声優になっており、「向いてない」と言われた女性は著名な劇作家と結婚して家庭に入り、人気の子育てブロガーとなっていて、もうひとり、「体に気をつけろ」と言われた男性は二年後に病死していた。

　放送したのは三回だが、企画は四回分あった。その撮影日も記録にある。シャルルという名の子役で、鑑定内容は書かれていない。星一心の横に立っている写真が残っている。金髪で青い目の男の子だ。記録では五歳。珍しく星が微笑んでおり、少年の肩に手を置いている。男の子はどこか寂しげで、サン＝テグジュペリ作『星の王子さま』の、あの孤独なたたずまいを思わせる。

　百瀬はその写真を持って編集室をノックした。

　田丸ディレクターはすぐに出てきた。目の下にクマができている。室内は副流煙で一メートル先が見えにくいほどだ。

「大丈夫ですか？」

「いつものことだよ、何？」

「この写真の子ですけど」

　田丸ディレクターは眉間にしわを寄せて写真を見た。

「ああ、シャルルか」

「子役だそうで」

「いや、０歳の時からモデルをやってた子。母親の意向で子役デビューを狙っていて、綺麗な子だしセリフ覚えもいいから需要はありそうだった」

「この子、日本人ですよね」

田丸ディレクターは「察しがいいね」と言った。

「外国人モデルのほうがギャラが高いからって、母親が髪を染めてカラーコンタクトをさせてたんだ。これシークレット情報だから」

「星一心が看破したんですね」

「いやもう、その場でカラコンを外させて、スタッフを罵倒して、えらい剣幕でさ」

「で、どうなりました？」

「撮影は中止」

「この子はその後どうなりました？」

田丸ディレクターは声をひそめた。

「星が母親に大金を渡して、その子を引き取ったって噂もある」

「引き取った？　どうして」

「察しなよ」

「どういうことですか？」

「星一心にそういう趣味があったとはね。これは表に出せない」

「それで番組は中止になった？」

「まさか。そういうことはこの業界ではままあることだ」

「ままあるって？　児童虐待じゃないですか」

「児童虐待は一般家庭にだってある。芸能界だけが伏魔殿じゃないよ。それに、番組がお釈迦《しゃか》になったのは別の理由だから」

「出演料が跳ね上がったんですね。星一心の」

　そう、と田丸は言った。

「その母親はどうしました？」

「知らない。資料は片付けておいてよ。持ち出し厳禁」

　田丸は勢いよくドアを閉めた。


「とてもおいしいんだ。とても」

　百瀬は歩きながら話した。

　隣を歩く正水直は黙ったままこくんと頷く。

「でも、驚かないで。女の子が好きそうなお洒落な店ではないんだ。味は保証する。びっくりするほどおいしかったからつい誘っちゃったけど、今、歩きながら後悔し始めている。途中で素敵な店があったら、入ろうか」

「そのお店って池袋ですよね」

「そう、三キロくらいある。遠いよね」

「そのくらいは歩きたいので」

直はテンポよく歩く。歩くとエネルギーがチャージできる体質なのだろう、顔色がどんどんよくなる。

正水直が東京に来て二週間が経った。

そろそろ振り込め詐欺事件の進捗状況を伝える時期であった。それと共に、アパートでの生活で困ったことはないか、一度ふたりきりで話そうと思い、ランチに誘った。

同じアパートで暮らしているとはいえ、百瀬は仕事で深夜になることが多く、顔を見られる機会は少ない。亜子に頼んで直の様子をメールで教えてもらっている。

早く帰れる時は二〇四号室に様子を窺いに行くが、すぐに春美が出てきて弾丸のようにしゃべるので、直と言葉を交わすことができない。かといって、事務所に呼べば、七重がうるさく口を出すので、同じことだ。

なんだか最近アパートにも七重がいるような気がしてきた。

本日は天気に恵まれた。明治通りは歩道が広く、新緑が目に優しく、思いのほか心地よい道中である。直は出会った頃よりも数段明るくなり、春美との同居が楽しそうだ。

「下の階の整理は進んでる？」

「四部屋のうち、二部屋はもうすっかり荷物がなくなりました」

「早いね。すごいなあ」

　春美は大家の梅園と電話で交渉し、大家代行を正式に引き継ぐことになった。百瀬は肩の荷が下りて楽になった。春美にはアパートの未来構想があるようだが、リフォーム交渉は難航しているようだ。梅園は金勘定については慎重かつシビアなのだ。しかし、荷物は処分してよいと梅園に許可を得たそうで、春美は売れそうなものは売り、使えそうなものは自分の部屋へ持ち込んでいるらしい。妊娠している春美に代わり、直が力仕事をやっているそうだ。

「古い家具でしょう？　そう簡単に売れるものかな」

「近所にチラシを配るんです。古い家具があります、興味のある人は見に来てください、って告知したんですよ。チラシづくりや配るのをわたしは手伝いました。春美さんはちゃんと日当をくれるんです」

「日当？」

「一日五千円くれます。六日働いたので、三万円貯まりました」

　百瀬はひやりとした。

　草むしりなどの大家代行仕事を亜子に手伝ってもらっていたが、日当など払ったことがない。自分もボランティアでやってるので、気がつかなかった。労働に対価はつきものなのに、弁護士として至らない行動をとっていた。こんな自分といて、亜子は損ばかり被る人生になってしまうのではないだろうか。心配だ。

「チラシで人が来るのかなあ」

「来ますよ。結構見にきます。梅園さんが置いていった家具って、アンティークな価値があって、見るだけでも楽しいですよ。春美さんはお金の交渉をしっかりやって、がっちり儲けています。ついでに自分のバッグまで売っていました。バッグがあんなに高く売れるなんて、びっくりです」

「エルメス、だっけ？」

「そう、エルメスのバーキンです」

百瀬は婚約者の亜子にエンゲージシューズ以外プレゼントをしたことがないと気づいた。

「エルメスのバーキンって、女のひとはみんな欲しいものなのかな」

「わたしは全然。だってろくすっぽものが入らない。底の厚いスニーカーは入りません」

百瀬は驚いた。ハンドバッグにスニーカーを入れて持ち歩く女性はまずいないだろう。

「そのくせ重たいし、どこがいいのかさっぱりわからないんですけど、人気はあります。百二十万円で売れました」

「え？」

百瀬は足が止まった。

「今、百二十万って言った？」

「はい。中古でそれです」

「そんなにするのか……」

プレゼントするのは無理だ。このことについて考えるのはよそう。百瀬は再び歩き出す。

「はい、そんなにするんです。お金になるから持ってきたと春美さんは言いました。売るつもりで海外の免税店で買ってきたらしいです」

直は十八歳。百瀬の娘と言ってもおかしくない年齢だが、話し方に落ち着きがある。はじめは話すのが苦手そうに見えたが、歩きながらだとほがらかだし、賢さも感じる。地味な作業に苦痛を感じないタイプだから、弁護士に向いていると百瀬は思った。

「毎日のご飯はどうしているの？」

「春美さんと交代で作っています」

「正水さん、ご飯作れるの？」

「先生は自炊できないんですか？」

「ぼくはやってるよ。簡単なものばかりだけど。中学を卒業してからずっと自炊しているんだ」

「うちは母が働いているので、夕食はいつもわたしが作っているんです」

「そうか。食器や鍋とかは間に合ってる？」

「亜子さんがフライパンや鍋を提供してくれて、食材も買ってきてくれるんです。わたしと春美さんで作って、朝と夜は三人で食べています」

「そう」

亜子に「正水さんのことを気にかけてあげてほしい」と頼んでおいたが、本当によくやってくれている。百瀬は亜子の真面目さ、細やかさに感謝した。

「ごめんなさい。婚約者を独占しちゃって」

「いいんだよ、明日の夜は大福さんと一緒にスーパームーンを見る予定なんだ」

「スーパームーン！」

「地球に最接近した時に見える満月だ。地球と月の平均距離は三八万四四〇〇キロメートルで」

「去年は二月十九日に三五万六七六一キロメートルまで近づきましたよね」

「知ってた？　見ましたか？　去年」

「月とか星とか、田舎にいるとそんなに意識しません。いつ見上げても空いっぱいに星があるし」

「明日、一緒に見ようか」

「遠慮します。たまにはおふたりでゆっくりしてください」

「ありがとう」

「春美さんと亜子さんって、ほんとうに仲がよくて、いいなあって思います。亜子さんはよく笑います。笑い上戸です。春美さんがおかしいですからね。わたしも楽しくて一緒に笑っています」

　百瀬は亜子が笑っている顔を想像し、幸せな気持ちになった。自分の前ではあまり笑わない。自分といて幸せなのだろうかとふと心配になる。

「先生、婚約者なのに大福さんって苗字で呼ぶんですか？」

「うん。おかしい？」

「おかしくはないけど」

「そう言えば、二〇二号室の人とは交流ある？　猫が妊娠したって聞いたけど」

　直は「面白いことがありました」と言う。

「一週間前のことです。アパートの横のりんごの木の上に三毛猫が登って降りてこられなくなったんです」

「妊娠した猫だよね」

「そうです。その日は亜子さんは仕事、春美さんは妊婦健診でいなくて、わたしはひとりで一階の空き部屋の掃除をしていたのです。青木さんが木の下でわあわあ騒いでるから、行ってみたら猫が木の上のほうにいて、青木さんが取り乱していたので、わたしが木に登って猫を抱いて降りることにしたんです」

「危ないじゃない」

「木登りは得意ですから。でも登ろうとしたら、通り掛かった男の人にやめなさいって止められて」

「そう」

「わたしが登ればよかったんですけど」

「女の子がやらなくても」

「はい、男の人もそう言ったんです。で、その男の人が登って、猫を抱いて降りてきてくれたんですけど」

「親切な人だね」

「でも、その人は木登りが初めてだったようで、着地の時に足首をひねってしまったんです。着地が一番大事で、慎重にすべきなのに、慣れてないからです。猫は無事だったんですけど、その人は歩けなくなっちゃって」

「ええっ？　それはたいへんだ」

「だからわたしが登るべきでした。木登りは経験ですから」

「で、どうしたの？　その人」

「青木さんが肩を貸して、一階の空いた部屋へ移動したんです。そこで休んでもらいました。青木さんが二階の自分の部屋から氷とか湿布薬とか包帯とかもってきて、治療しました。くじいた時はまずは冷やすのが肝心らしいです。きっちり三十分冷やしました」

「適切な処置ですね」

「青木さんはおかあさんの介護を長年やっていて、慣れているんだそうです。冷やしたのが効いたのか、くるぶしはそんなに腫れなくて、男の人は楽になったと言いました。青木さんは湿布を貼って包帯を巻いてあげました。湿布は腐るほど持っているからと、その男の人に何枚か渡していました」

「その人、帰れたの？」

「一時間くらいは安静にしたほうがいいって、青木さんが言いました。青木さんがお茶を淹れてくれて、三人で一階の空き部屋で飲みました。余計な手間をかけてしまってすみませんと男の人は恐縮していました」

「本当にいい人だね」

「その人、部屋の中を興味深そうに見ていました。水回りは使いやすそうですねと言いました。家を探しているらしいです。そのうち入居するかもしれませんよ。青木さんも家を探しているらしくて、おふたりは話がはずんでいました。青木さんの家探しの条件は、猫と暮らせること、できたら庭があること、中古でいいから静かでおだやかに暮らせる場所だそうです」

「いいね、そういう場所」

「わたしはあのアパートが好きです」

「そう、うれしいな。わたしも好きだよ」

「先生はずいぶん長くいるって聞いてます」

「長すぎるって大家さんに怒られたよ。まあでも、結婚するまではいるつもりなんだ。あっ」

百瀬は足を止めた。

店の前に長蛇の列ができている。ざっと見て、三十人はいる。

「先生、このお店なんですか?」

「うん……たぶん……」

ちょっと待っててと言い、走って店の入り口までたどり着くと、やはり『めし屋』に並んでいる客である。首を伸ばして覗くと、店内にも待つ人がおり、カウンターの向こうでは店主がマイペースで仕事をこなしている。アルバイトらしき若者がふたりもいて、料理を運んだり、注文をとったりしている。

「ハムカツ丼!」という注文の声が飛んだ。みると客のほとんどがハムカツ丼を食べている。

どん、と肩をどつかれた。振り返ると、列の先頭の客が睨んでいる。

「こっちは並んでいるんだ!」

百瀬はひるんだ。割り込むつもりではないと言おうとすると、別の客が「よく見ろ、こいつ、ハムカツマンだぜ」と言った。

「あんた、このひと?」

スマホを見せられた。動画が再生中である。百瀬ががつがつとハムカツ丼を食い、「う、うまい」となり、やがて店主と握手をしながら「すごいです。うまいです。さすがです」「こんなうまい飯、食べたことありません」などとしゃべっている。動画には絶えず白い文字が横に流れ、「うまそー」「ハムカツマン、食いっぷり絶妙〜」などと賑やかである。

そうだ。あの時カメラが回っていたのだ。あれは『みんな何食う？』の収録だったのだ。撮られていたことをすっかり忘れていた。

店のガラス戸には、「すごい、うまい、さすがのハムカツ丼」と手書きのチラシが貼ってある。オンエアされて評判となり、動画が拡散されたのだろう。おかげでこんなにも店は繁盛している。

めでたい。が、やれやれだ。

百瀬は直のところに戻り、「並ぶの好きですか？」と尋ねた。

直は「苦手です」と答えた。

「ごめんね、今日は混んでるみたい。別のところにしよう。ここまで歩かせてしまって申し訳ない」

直は「いいえ」と言う。

「何が食べたいかな？　あんまり店を知らないんだけど」

「じゃあ、喫茶エデンはどうですか」

「え？」

「喫茶エデンのナポリタンが食べたいです」

「新宿だよ。新宿まで戻るの？」

「はい！　歩くのが好きなので」

直ははずんだように、今来た道を戻り始めた。

百瀬はふくらはぎに少々痛みを感じたが、直の背を追う。

「なんていい子なんだろう」と思った。

ちょっとしたことで機嫌をそこねず、すぐに前を向く。今どき珍しいたくましさだ。それだけ過去に苦労があったのだろう。

直は歩きながら目を輝かせた。

「先生って、やっぱり東京の弁護士さんですね」

「どういうこと？」

「話題の店を知ってるなんて、かっこいい」

百瀬は笑いを噛み殺した。かっこいいと言われるなんて、生まれて初めてだ。

ありがとう、と心の中でつぶやいた。


喫茶エデンで直はナポリタンを、百瀬はカレーライスを頼んだ。

往復六キロも歩いたのでふたりとも腹が限界にまで減っており、あっという間に食べ終えた。

「ここのチョコレートパフェは絶品だそうですよ」と百瀬が言うと、直が「食べてみたい」というので、食後にチョコレートパフェふたつを注文した。

　パフェが来るまでの間に、振り込め詐欺事件の途中経過を報告した。

　口座名義人は犯人ではなく被害者で、警察はいまだ犯人を特定できておらず、すぐには動きそうにないことを正直に伝えた。

「銀行にも警察にも被害届は出したので、被害者としてするべきことは終えました。犯人が特定されれば、ひもづけられて、お金がいくらか戻る可能性もあるけど、それはいつになるかわかりません。やっておくべきことはもうないので、正水さんはそろそろ家へ戻ったらどうですか」

　直は水を飲んだあと、顔を上げた。

「一階の四部屋を掃除し終わるまでいてもいいですか」

「え？」

「あと一週間もあれば片付きます。もう少し東京にいたいし。それに」

「それに？」

「お金は戻る気がするんです」

　直はポケットから折りたたんだ和紙を出して見せた。

「占ってもらったんです」

　百瀬は和紙を凝視した。

「趣味で占いをやってるおじいさん。当たりっこないけど、なんだかその日から希望がわいて、空気がおいしくなって」

　百瀬は和紙に書かれた直の文字と、その周囲に書かれた計算式を見た。それは現在の星の位置を割り出す計算式である。占星術にほかならない。

「これをどこで？」

「早稲田大学の入学式に行ったんです」

「早稲田大学……」

「入学式の会場には入れなかったんですけど、アリーナの上にある庭園でおじいさんに再会して」

「再会？」

「前におんぶして怒られて」

「その話は春美さんから聞いた。それ、おばあさんじゃなかったの？」

「おじいさんだったんです。髪が長くて、それでおばあさんに見えちゃって。だから怒らせちゃって」

　百瀬はスマホをポケットから出し、保存してある画像を検索した。依頼人の岡克典からもらった星一心の画像があるはず。見せて確認しよう。指で画像を次々スライドさせる。直は興味津々に百瀬のスマホを覗き込んでいる。

　星一心の画像があった。

「このひと？」

直はうなずいた。が、思いつめた顔をして、「ひとつ前の画像、見せてくれますか」と言う。

百瀬はひとつ前の画像を見せた。

それも岡克典からもらった画像で、五美が写っている。岡克典の妹が撮った写真である。直は食い入るように見ている。猫に興味があるのだろうか。

「珍しい猫でしょう？　これはブリティッシュショートヘアという高価な猫なんです」

直は青ざめ、小刻みに震え始めた。

「どうかしましたか」

「このひと……」

直は深刻な顔つきで立ち上がると、ふらついた。

近くにウエイターがいて、チョコレートパフェふたつをトレイに載せていた。ウエイターは倒れそうな直を支えようとして、トレイを落とした。

ガッシャーンと頭に響く音がして、パフェは床で盛大にくだけ散った。

直はウエイターに支えられてやっと立っている。

「正水さん、どうしたの？」

直はウエイターの腕の中で、消え入りそうな声でつぶやいた。

「このひとです」

「え？」

「腕章の……ひと」

直が指さす先には、五美を抱く片山碧人の顔があった。

その夜、百瀬は亜子にメールした。

「明日のスーパームーン、一緒に見られなくなりました」

時間をおいて、亜子からの返信があった。

「お仕事がんばってください」

早稲田大学十五号館で最も広い一階の教室では『平和学』の講義が行われている。全学オープン科目のひとつで、学生たちは学部を問わず聴講できる。

講義を担当する教授はアメリカ人で、「平和を学びたいものは誰でも受けてよい」と公言し、出欠は取らず、前期と後期に提出するレポートの内容さえ良ければ、単位を与える方針だ。ただし、レポートは手書きが原則とされ、コピペは不可能。言語は英語でも日本語でも可としている。

『平和学』は講義が英語で行われるにもかかわらず、学生に人気がある。聴講生の登録数が多いため、広い教室が選ばれたが、空席が目立ち、いびきをかいて寝ている学生もいる。学生に人気の秘密は「楽に単位がとれそう」にあるらしい。

教授は「くるものこばまず」の精神で、教室の扉は常に開かれており、百瀬は一番後ろの隅の席にそっと座った。

教授は「消極的平和」と「積極的平和」の定義についてわかりやすい英語で説明している。まだ二回目の講義なので、平和学の導入部分である。

百瀬が大学生だった頃、日本では『平和学』の講義を取り入れている大学は少なかった。平和研究が発祥した欧米諸国に比べて、日本の平和研究は現在においてもかなりのところ立ち遅れていると言っていい。

百瀬はある目的をもってこの教室に入ったが、講義が『平和学』と気づいて、興味深く教授の弁に耳を傾けた。

教授は語る。

平和学とは、「戦争のない世界を目指す」という理念に基づき、戦争の原因を研究する学問として始まった。研究が進んだ今では、戦争という肉体に対する直接的暴力だけでなく、貧困や格差などの社会構造による暴力にも研究を広げている。

戦争がないだけの状態を「消極的平和」と定義し、社会構造的な暴力をなくす働きを「積極的平和」と定義して、両輪で考えるのが平和学の世界基準となっている。

今、日本の政治家の一部が、軍事的に行動しないことを「消極的平和主義」とし、自衛隊の海外派遣を「積極的平和主義」と語るのは、『平和学』の観点からすると、真逆の発想である、と教授は語った。

その間も学生のいびきが教室に響き続けている。

「寝てしまうのはもったいない講義ですね」

百瀬は隣で熱心に耳を傾けている男に話しかけた。

白い髪をひとつに束ねた顔の長い老人で、迷惑そうにちらとこちらを見る。

「星一心さん。岡丈太郎さんと申し上げたほうがよろしいですか？」

星は百瀬を無視して前を見た。講義は続いている。

「碧人さんはここには来ませんよ」と百瀬は言った。

星は黙って講義に耳を傾けている。

「碧人さんは逮捕されました」

星は前を向いたままだ。しかし血管の浮き出た手の甲は、かすかに震えている。

「あなたの助けが必要です」

そして、と続けようとしたが、百瀬は口を閉じた。星の大きな目に涙がにじんでいたからだ。

講義は続いた。平和という言葉が何度も耳から入り、抜けてゆく。

星はしぼり出すようにつぶやいた。

「最後まで聞かせてくれ」

それが片山碧人のことか『平和学』のことかわからなかったが、百瀬は黙って最後まで講義を聴くことにした。

教授は英語で話しているが、「平和」という単語だけは日本語を選んだ。Peace ではなく、「ヘイーワ」と発音した。

平和という言葉がシャワーのように浴びせられる。平和を西洋人から説かれ、いびきをかく学生。それでも平和は間断なく降りそそいでくる。教授の静かな語りは、すべての人間を平和というベールで包みこもうとしているように見える。寝ている学生の体内に「平和よ、染み込んでくれ」と願うように。

百瀬はふと、アパートの新しい名は『平和荘』はどうだろうと考えた。しかし、この言葉は解釈によりいかようにもなる。武器を持つことが平和への近道と嘯《うそぶ》く人間もいるからだ。

平和は近道を探した途端に消えると、百瀬は痛感する。弁護士として活動してきての実感だ。平和を獲得するには根気が必要だ。遠回りをする覚悟で真に目指すものの道端にこそ、あるものではないだろうか。野に咲く花のように、つつましく、あるものではないか。目指す先にではなく、目指す人間の足元に、いつも、あるものなのではなかろうか。

アパートの名は、ハコベ、ナデシコ、ツユクサ、オミナエシなど、どうだろう？

講義は終わり、百瀬は星とともに教室を出た。

第三西門を出てすぐの路地を左に入ったところに、昭和時代にタイムスリップしたような古い家並みが残っている。その突き当たりに、こぢんまりとした二階建ての木造家屋があった。以前は一階が煙草屋、二階が雀荘《ジャンそう》だったらしい。いかにもそれらしい造りだ。

星一心はそこにひとりで住んでいた。

「この家がわたしと同い歳と知って、土地ごと買ったのだ」

星は家に上がるとまず一階の六畳間の和室で手を合わせた。

彼の前には両てのひらで包めるくらいのこぶりな骨壺《こつつぼ》があり、香炉《こうろ》もある。

「お線香《せんこう》上げさせてもらってもいいですか？」

そう尋ねると、星は場所を譲ってくれた。

百瀬は線香をあげ、手を合わせた。柱時計が正午を告げた。

「こちらは五美さんですね？」

星はそれには答えなかった。ただ、告知を待つ患者のように神妙な顔をしている。

百瀬は切り出した。

「わたしが警察に通報しました」

星は無言だ。

「ある振り込め詐欺事件に片山碧人さんが関わっていることに気づいたのです。その瞬間、脳内で散らばっていた点がつながりました。まだ謎の部分は残っていますが、あなたを探してお話を伺ってからでは遅いと判断し、警察に動いてもらいました」

星一心は目をつぶり、腕組みをした。

部屋には古本やらノートが積み重なっている。自分の部屋に似ている、と百瀬は思った。星一心はかなりの勉強家のようだ。

「あなたは碧人さんを見守るために早稲田大学に通っているのだと思っていました。実際にあなた自身が学んでいるのですね」

「無駄話はいい」と星は言う。

百瀬は居住まいを正した。

「経緯はこうです。碧人さんは、早稲田大学を受験したひとりの少女に声をかけました。三月十日、法学部の合格発表の日です。合格発表は掲示されませんが、毎年何人かはあると思い込んで来てしまうそうです。少女もその一人でした。確かめる前に体が動いてしまう、ピュアで騙されやすい性格です。不合格だった彼女に繰上げ入学枠があると彼は嘘をつきました。そして電話番号を聞き出し、一週間後に合格したと連絡し、入学金を騙し取りました」

星は目を閉じたままだ。

「少女は母親とふたり暮らしで裕福ではありません。占星術の腕がたしかならば、あなたも彼女の境遇はお察しでしょう」

百瀬は正水直から預かった和紙を出して見せた。

星一心は目を開け、和紙を見るとハッと息をのんだ。それから再び目をつぶり、首を横にひと振りすると、深くため息をついた。

「ただし」

百瀬は続ける。

「碧人さんが彼女に振り込ませた額は入学金だけで、十万円です。その後、授業料や寮費を振り込ませたのは別の人間です。グループの犯行なのはあきらかです。しかも最初に声をかけた人物、つまり碧人さんは、高額な金を詐取するのに躊躇があったのかもしれません。だから十万と言ったのでしょう」

星はぶすっとした顔で話を聴いている。だからどうした、という表情にも見える。

「碧人さんの嘘は金目的ではなかったという気がします」

星は無言だ。

「わたしはあなたの力が必要だと思い、会いに来たのです」

「いくら払えば示談は成立する？」

星はやっと口を開いたが、その内容は百瀬を落胆させた。

「あなたの力は経済力だけですか？」

星はカッと目を見開いた。無言のまま、挑むような目をしている。

「まず、あなたと碧人さんとの関係を教えてください。彼はキャットシッターではありませんよね。出会ったのは『バビロニア神殿』の撮影です。碧人さんは売り出し中の子役としてあなたの屋敷を訪れた」

星はぎょっとした顔をした。

「どうして彼を引き取ったのか。そして、どうしてあなたは家を出たのか。包み隠さず教えてください」

星はうーむとうなり、腕組みをして黙り込んだ。

「碧人さんは今、少年鑑別所にいます。十九歳なので、検察ではなく家庭裁判所に審判は委ねられました。詐欺の仲間はみな家族が引き取りましたが、碧人さんには家族がおらず、ひとり鑑別所に入りました。彼はそこで家庭裁判所の審判を待っているのです。彼には後見人が必要です。わたしは通報者で、付添人ではありません。あなたが適任かどうか、判断できません。どうして彼を引き取ったのか教えてください。他言はしません」

静かな時間が流れた。線香は燃え尽き、柱時計が一回鳴った。

星は深く息を吸い込んでから、つぶやいた。それは百瀬が予想だにしなかった答えであった。

「息子だからだ」

星はぽつりぽつりと語り始めた。

十四年前、番組スタッフに連れられてシャルルという子役が屋敷を訪れた。髪を染めて目の色を変えていたが、すぐにわかった。あの女の子どもだと。

妻がいる頃から多くの女と付き合ってきた。占星術でセレブな客がつくようになってから、金目当てに女が大勢寄ってきたのだ。何人かの女は妊娠を理由に結婚を迫ってきたが、多額の手切れ金を提示したら、嬉々として去って行った。

「女は嘘つきだ。わたしも嘘つきだからよくわかる」

「あなたの占いは嘘だということですか？」

「占いをやるやつはみなペテン師さ」

「ペテンにしてはよく当たりますね」

星は苦虫を噛み潰したような顔をし、話を戻した。

シャルルを見た途端、ある女の顔を思い出した。つきあった中で最も印象に残る女で、シャルルはその女に生き写しであった。妊娠したとは聞いてないし、結婚を迫られた記憶もないが、年齢からしても、自分が父親で間違いないだろうと星は考えた。

計算すると、六十一のときにできた子だ。孫のようなものである。五歳のシャルルを見ていると、熱い思いが胸にあふれた。家を出て行った息子や娘を思い出した。子育てにはいっさい関わらない主義を通してきた。しかし、シャルルがわが息子だと思うと、髪の色が痛々しく思えた。いたたまれない気持ちになり、すぐにコンタクトをはずさせた。

その日、シャルルに付き添っていたのは母親ではなくマネージャーであった。星はディレクターに撮影中止を申し入れ、児童虐待の疑いがある、児童相談所に通報すると脅した。ディレクターは青ざめた。児童福祉法違反で告発されたら制作会社は営業停止に追い込まれる。逃げるように帰って行った。マネージャーも無責任なもので、五歳の子どもを得体の知れない占い師のもとに置いて帰ってしまった。

「碧人はわたしに言った。ママは美容院に行っていると」

この子をこのままにはしておけないと思った。母親は夜遅くに迎えに来た。前よりも美しくなっており、酒の匂いがした。

「あなたの子ではない、あなたには関係ない」と女は言ったが、かなりの額を提示すると、黙って受け取り、出て行った。

女が「金など要らない、子どもは金に換えられない」と言ったら、碧人を返すつもりだった。だから女に失望したし、碧人は自分が守らねばならぬと強く思った。

碧人は寝ていたので、それらの事情を知らない。

「母が突然いなくなったことに恐怖を覚えたのだろう。あいつは食事がのどを通らず、おねしょが始まった。動物が癒しになると家政婦が言うので、客のひとりから猫を譲ってもらった。五歳のブリティッシュショートヘアだ。碧人と同じ五歳の猫だよと言ったら、あいつはうちに来て初めてうれしそうに笑ったんだ。左の頬にえくぼができて、たいそうかわいかった。しだいに食事をとるようになり、おねしょも治った。ありがとう」

星は骨壺に手を合わせた。「ありがとう」は五美への言葉だ。

その後も父であることを告げないまま、教育係を複数雇い、身の回りのことはベテランの家政婦に任せた。子育てに直接関わらない主義は貫いていた。

「五美さんはいつ亡くなったのですか？」

「十三歳の時、今から六年前だ。腎臓の数値が悪化して、まあでも、寿命だろう」

「息子さんと娘さんを呼び、公正証書を作ることをもちかけた時に抱いていたのは、一代目の五美さんだったんですね」

星は眉根を寄せ、骨壺を手に取った。

「一代目も二代目もない、五美はこの子だけだ」

百瀬は驚いた。

スマホを出して検索し、碧人が抱いている猫の画像を星に見せた。

星は髪が逆立つくらい動転し、めまいがするのか、頭を抱えた。

「大丈夫ですか？　何か薬を飲みますか？　常備薬はどこですか？」

星は「いや……」と言い、じっとしていた。循環器系が弱っているのだと百瀬は気付いた。しばらくの沈黙ののち、星は「いいから、続けろ」と言った。

心配だったが、百瀬は話を続けた。

「わたしは入学金振り込め詐欺事件に着手する前、星さんのご長男から死なない猫についての相談を受けていました。五美さんの世話をする者に、ご自宅に住む権利を与えるという公正証書の件です。あなたの孤独死を案じた娘さんがご自宅を訪問したのが、死なない猫を見つけるきっかけとなりました。十年前に高齢だった猫が、今も元気に暮らしており、家主のあなたが不在である。屋敷にいるのは見知らぬ青年。岡克典さんは不審に思ってわたしに調べて欲しいと言ってきました。あの公正証書はどういう目的で作ったんですか？　五美の世話をするものを屋敷に住まわせるというのは」

「どうもこうもない、あの頃、わたしは体調を崩し、老いを痛感した。わたしに何かあっても、せめて五美が生きている間は碧人があの家にいられるようにと思ったのだ」

星のここまでの供述に嘘はないようだと百瀬は感じた。公正証書を作った目的にたくらみはなかったのだ。

「あなたはいつ屋敷を出たのですか」

「五美が死んですぐだ」

「碧人さんはまだ十三歳ですよね」

「あいつは中学に上がる頃からおかしくなった。天の間に火をつけようとしたこともある。皮肉なもの言いをするようになり、教育係は次々とやめていった。家政婦もやめたがったが、高額な給金を与えて残ってもらった。あいつはわたしを憎んでいる。母親と引き離したからだ。ふたりをつないでいた五美がなくなって、修復は不可能に思えた。母親の連絡先を教えて金を渡した。これからは母親と暮らせと言い、わたしは家を出た」

「十三歳の碧人さんを残してですか」

「家政婦をつけ、金も渡した。学業は順調で、偏差値の高い高校へ入ったと報告を受けた。やはりわたしと離れて落ち着いたようだ。しばらくは電話で連絡を取っていた。その後母親と再会し、あの屋敷で暮らすことになったと、あいつは言った。だから家政婦をやめさせてくれというので、そうした。そして学業を終えるまで屋敷にいてもいいと伝えた」

「屋敷を見に行くこともなく？」

「わたしは四国にいたんだ。五美の遺骨を携えて」

「お遍路《へんろ》ですか？」

「うむ」

「占いは引退したということですね？」

「顧客は世代交代をして、占星術を信じる人間はいなくなった。金はじゅうぶん貯まったので、店じまいをしたのだ。四国だけでなく、あちこちを五美とともに旅した」

「心臓が悪いのに？」

星はなんとも言えない顔をして、「悪いからだ」とつぶやいた。

百瀬は孤独な男の老後を想像した。

誰しも年齢を意識し、死を視野に入れる日が来る。円満な家庭があれば、引退後はフルムーン旅行といったところだが、富を得た星一心は猫の骨との旅を選んだ。選んだというより、やむにやまれぬ思いで、巡礼の旅に出たのだろう。おそらく途中で亡くなる可能性も視野に入れていただろう。

それはけして不幸なことではない。テヌーをバスケットに入れて旅をする未来を想像しても、百瀬は寂しさを感じない。そう考えて、愕然とした。自分が死を意識する年齢でテヌーが存命である可能性は低いし、そもそも大福亜子の存在を失念している。

あの屋敷で碧人に言われた言葉が蘇る。

「あんたはひとりぼっちだから、かわいそうに思って、人や猫が寄ってくる。でもそれは、あんたがひとりぼっちだからだ」

自分は心底孤独な人間なのだろうか。目の前の星と同じなのだろうか。

百瀬は気を取り直し、話を進めた。

「碧人さんは母親とは暮らしていません」

星は苦渋の表情を浮かべた。

「あいつは母親と暮らしていると思っていた。だからわたしは……」

「碧人さんが早稲田大学に合格したと知って、あなたはこの家を買い、大学を覗くようになった」

星は「無駄話はいい」と不愉快そうにつぶやく。

「話を戻します。息子さんの依頼を受けてわたしはご自宅に伺ったのです。五美さんそっくりの猫がまだいるということで、その真偽を確認するためです。碧人さんは写真の通り、若々しいブリティッシュショートヘアと暮らしており、五美と呼んでいました。家政婦や教育係らしき人間はいませんでした。一方で、その日は大量のピザがデリバリーされていました」

「大量のピザ？」

「玄関に靴がないのに大量のピザがデリバリーされていたのです。誰かいる、しかも若者が複数人いると気づきました。まだその時は、あなたの留守に友人を呼んでゲームでもしているのだろうと思っていました。しかし、のちに碧人さんが入学金振り込め詐欺に関わっていると知って、天の間が特殊詐欺グループのアジトになっていると気づいたのです」

星は目を血走らせている。脳の血管が切れてしまわないか、心配だ。

「すぐに警察に情報を提供しました。一件でも被害を減らすために、急ぐ必要があります。もちろん状況証拠だけでは逮捕できません。警察と相談し、ご長男の岡克典さんに立会人となっていただき、事前連絡せずに任意で家宅捜索することにしました。天の間には七人の若者がいて、プリペイド式スマートフォンを使用中でした」

星はやっと口を開いた。

「暴力団がからんでいるのか」

「幸いと言ってはなんですが、そうではなく、全員学生です」

「学生？」

「大学生や高校生です。比較的裕福な家庭に育ち、親の言うまままじめに勉強してきて、偏差値の高い大学や高校に通っている子たちです。金に不自由はしておらず、ゲーム感覚でやっていたようです」

「普通の子が詐欺を？」

「特殊詐欺の手口は折に触れニュースで明らかにされます。それは一般人への注意喚起のためですが、どういうセリフが有効か、誰をターゲットにすると金払いがよいか、基本構造はつかめます。成績優秀な子たちが、優秀な頭を使って、犯罪を分析してシナリオを作り、セリフ覚えがよくて女性に安心感を与えるルックスの碧人さんが声をかける役をした」

「碧人は首謀者《しゅぼうしゃ》ではない？」

「わかりません。とにかく仲間は彼を必要としていました。なぜなら碧人さんには家があります。あなたの与えた屋敷です。大人のいない家はアジトにぴったりです」

星一心は文字どおり頭を抱えた。

「ならば……碧人は……被害者だ」

「いいえ、加害者です」

百瀬はきっぱりと言った。

「彼は十九歳で、自分が何をしているかを認識できる頭脳を持ち、特殊詐欺グループの一味となった。だから逮捕されたのです。首謀者であった可能性も否定できません。十九歳は少年法が適用されるので、いったん家庭裁判所に送致されますが、刑事処分が相当と判断された場合は、検察に逆送されます」

「あんたは弁護士だな。無罪にするためには何をすればいい？」

「無罪は裁判になって初めて勝ち取るものです。家庭裁判所の審判は軽いものから順に言いますと、不処分、審判不開始があります。保護観察でも、外に出られます。そのほかに児童自立支援施設等への送致や、少年院への入院、そして、最も厳しいのは検察への逆送。こうなると成人同様、裁判となります」

「不処分は無理としても、保護観察になるには？」

「被害者との間で示談が成立していれば印象はよくなりますが、自由になれば本人のためになる、というわけではありません」

「金は払う。わたしを必要としていると、あんたは言った。碧人が関わった詐欺はいくつある？　いいや、そのグループが関わったものすべて、わたしが示談金を払う。金はあるんだ」

　百瀬はため息をついた。

「あなたは金を払うという。屋敷も与える。なのに逮捕された時の碧人さんの様子を知ろうとしないんですね」

「碧人は、どうしていた？」

「逮捕当日、わたしは呼び鈴を押して、以前伺った百瀬だと名乗りました。岡克典さんも一緒だと言いました。すると彼は門を開けてくれました。警察が一緒だと告げても顔色ひとつ変えず中へ入れてくれました」

「どうしてだ？」

「終わりにしたかったのかもしれません。彼は天の間に警察が踏み込む時も冷静でした。ずっと猫を抱いていて、最後にわたしに託しました」

「碧人が猫を……」

「そして警察の誘導に素直に従って警察車両へ乗り込みました。彼以外の少年たちは泣いたり暴れたり、弁護士を呼べと叫ぶ子もいましたが、碧人さんは無言でした。泣き付く親がいないからかもしれません」

星はうつむいた。

「占星術の腕がありながら、なぜこういうことが予測できなかったのですか？」

星は「同じことだ」とつぶやいた。

「同じこと？」

「詐欺だよ。碧人はわたしの真似をしたのだ。占星術という方便で金を儲けた。碧人も方便で金儲けをしようとしたんだ」

星一心は五歳で終戦を迎えたという。

シャルルが屋敷に来たのと同じ歳だ。

親を失い浮浪児になった星は、警察の手により孤児院に放り込まれた。孤児院ではひどい扱いを受けたので、逃げ出した。盗みを働いてまた警察につかまって、孤児院に放り込まれる、その繰り返しのなか、十歳の時に占い師の老人にかくまわれ、それからは貧しいながらも、食べ物を得ることができたという。

一心不乱に占星術を学んだ。家族も学歴もない星にはそれしか食べる道はなかった。占い師は、「お前は筋がいい」と言ってくれた。やがてその占い師は結核で死に、星は縄張りを継いだ。

激動混迷する社会の中、占いには需要があり、そこそこの儲けになった。「当たる」という評判もたった。しかし必ず当たる、というわけでもない。はずれたと言って、殴られたこともあったという。

星は占星術に限界を感じ、経済を学んだ。高度経済成長期で、経済を理解すれば生き抜けると踏んだのだ。古本屋を回って経済の本を読みあさり、金の流れ、時代の移り変わりを徹底的に学んだ。そしてその知識を占いに反映させた。経済学で得た回答を「占星術」が出した答えとして客に説いたのだ。

「弱った人間は運をなげく。そういう輩《やから》は理論に背を向ける。理屈が頭に入る心境ではないのだ。ところが占星術が出した答えだというと、信じる」

「経済学に裏打ちされて、当たる確率が上がり、ステージアップしたんですね」

ああ、と星はうなずいた。

百瀬は正水直が持っていた和紙を見た。これは経済学とは関係ない答えだろう。彼女は「金は戻る」という根拠のない話に励まされた。和紙にあるそれらしき計算式が彼女に魔法をかけたのだろうか。

占いって何だろう？

百瀬は尋ねた。

「碧人さんには霊感があると思いますか？」

星はうーむ、となった。

「碧人さんは何かが見えるようでしたが」

「おそらく、見えるんだろう。だがそれは、あいつ自身のオーラだ」

「碧人さんは自分を見ているんですか？　相手の中に」

「それもこれも、孤独にさせたわたしの責任だ」と星はつぶやいた。

　百瀬は思い出す。

「あんたはひとりぼっちだから、かわいそうに思って、人や猫が寄ってくる。でもそれは、あんたがひとりぼっちだからだ」

　五美そっくりの猫を手に入れ、あの屋敷にとどまろうとした碧人。唯一無二のゲームを考案し、仲間を屋敷に引き入れた碧人。

『星の王子さま』の冒頭にこんな一節がある。

「おとなは、だれも、はじめは子どもだった。（しかし、そのことを忘れずにいるおとなは、いくらもいない。）」

　百瀬は碧人を思いつつ、この言葉の意味を考えた。

第六章　ゆびきり

「親父の猫は六年前に死んでいて、遺骨があるんですね」

岡克典は念を押すように言った。

百瀬法律事務所の応接室では、百瀬が依頼人の岡に死なない猫案件についての報告を行っている。

「はい。五美さんは六年前に亡くなっていました。妹さんが写真に撮った猫は片山碧人さんがネットで購入した猫です」

「ネットで購入？　猫が送られてくるんですか？　段ボール箱で？」

「言葉が足らずにすみません。関西在住のブリティッシュショートヘアのブリーダーが生まれた子猫の画像をネットに公開して購入希望者をつのったのです。それを見た碧人さんが購入の意思をメールで伝え、商談は成立。入金確認後、猫は空輸され、碧人さんが羽田空港で受け取ったのです」

　逮捕された碧人のスマホの履歴と、当時雇われていた家政婦や教育係の証言で、購入の経緯がわかった。

「飛行機でペット連れの客なんて見たことないが」

「空輸の場合、ペットが置かれるのは貨物室です。ちなみに段ボール箱ではなく、強固なペット用クレートを用います」

「貨物と一緒？　音、すごいのでは？　室温は？」

「ストレスはかかるでしょう。幸いなことに二代目の五美は無事到着し、だからご実家で過ごしていたわけで」

「今、その子はどうしているのですか？」

「うちであずかることになりました」

「事務所に？　いました？」

「ええ、まだ慣れていなくて、書棚の上から降りてこようとしません」

「なんだかすみません。引き取る責任はこちらにあるのでしょうが」

　岡は口を閉じた。本当に聞きたいのは猫のことではないのだ。しばらくうつむいていた岡は言葉を選びつつ、恐る恐る口にした。

「片山碧人って何者ですか？　親父にとってその……」

「星一心さんは息子だとおっしゃいました」

「息子？　養子ということですか？」

「いいえ、血の繋がった息子だと。以前おつきあいのあった女性の息子さんだそうです」

岡は一瞬気の抜けたような顔をし、そのあと、ハッと我に返って目を見開いた。

「わたしにとって、弟ということですか？　腹違いの」

「星一心さんの言い分が正しければ、ですが」

「親父の勘違いかもしれないと？」

「その女性と連絡が取れました。電話で少し話しただけですが、星さんの子ではないとおっしゃっています。当時女性は金銭的に困窮しており、息子さんのキッズモデルの収入で暮らしていました。星一心さんから引き取りたいと言われて、手放したそうです」

岡は呆れたように肩をそびやかす。

「母親が小さな息子を手放すだなんて考えられない」

百瀬は自分の母を責められたような気がした。

「親父も親父だ。昔つきあった女の子どもを息子と思い込むだなんて、いい歳して単純というか自意識過剰というか。片山碧人はそれについてどう言ってます？」

「接見拒否されたので、まだ会えていません」

岡はふーっと大きくため息をついた。

「星一心さんから被害者との示談をすすめてくれと依頼されました。わたしが碧人さんの付添人を務めることになりそうです」

「付添人？」

「少年犯罪の場合、代理人ではなく付添人と言います。正式に付添人になるには碧人さんのサインが必要です」

「付添人ってどういう立ち位置なんですか？」

「碧人さんに寄り添い、彼の権利を守る、そういう仕事です」

岡は唇を噛み締め、しばらく考え込んでいたが、いきなり頭を下げた。

「なんだかわからないが、弟かもしれないので、わたしからもよろしくお願いします」

百瀬は「どうかお顔を上げてください」と言った。

岡はまいった、というふうに額に手をやった。

「自分が育った実家が特殊詐欺のアジトになるなんて、ショックです」

現場に立ち会い、少年たちが逮捕される様を見てしまった岡は、さぞかし傷ついたのだろう、「いっそ取り壊してしまいたい」とつぶやく。

全員少年で、審判前ということもあり、マスコミは報道を控えている。星一心のバビロニア神殿がアジトになっていたと世間に知れたら大騒ぎになるところだ。

「屋敷の所有主は星一心さんなので、話し合ってお決めください。早稲田のご住所はさきほどお伝えした通りです。五美さんは亡くなっていますので、公正証書は役目を終えたと考えていいでしょう」

「父は、どうしています？」

「岡さんと同じです。かなりショックを受けたようです」

詐欺の加害グループのメンバーはみな裕福な家庭の子息である。

芸能プロダクション『桜』の社長は若い頃、友人と『Jの会』を作り、ハワイの別荘で経営戦略を練る勉強会に興じていた。かたや碧人たちは詐欺のシナリオを作り、誰が効率よく騙せるかをゲーム感覚で楽しんでいた。

罪のない遊びと、罪になる遊び。代償は大きく異なるものの、動機は同じだと、百瀬には思えた。

みな、寂しいのだ。

少年期に感じる底なしの孤独。それは百瀬も痛いほど知っている。

少年たちの親はそれぞれに弁護士を雇って事に当たっている。正水直の件は星一心が百万全額を返済すると申し出た。

片山碧人は天の間をグループに提供した。ほかの少年たちは口をそろえて「碧人に誘われた」と証言している。口裏を合わせている可能性もあるが、碧人が黙秘をしているので、このままでは首謀者とされ、ひとりだけ逆送される可能性もある。起訴されて裁判となれば、検察は面子にかけても、無罪にはしないだろう。特殊詐欺撲滅キャンペーン中の場合、みせしめとして実刑となるかもしれない。

百瀬は、片山碧人が首謀者である可能性は大きいと見ている。

公正証書の存在を知り、そっくりな猫を購入し、屋敷に居られるよう仕組んだのは碧人にほかならない。嘘を組み立てる才に長けている。

碧人の付添人となったら、星一心の希望通り不処分となるようもっていくのが筋であるが、本人が救われる道は、「罪を問われない」ことではないと、百瀬は考える。罪を赦されたがために、将来、取り返しがつかない罪を犯してしまう人間はたくさんいるのだ。

碧人が首謀者だとして、どこまで情状酌量されるだろうか。育った環境、彼の心情、そこを丁寧に紐解かねばならない。家庭裁判所の調査官も碧人の心を開くのに難儀しているようで、このままでは彼は理解されることなく、審判が下ってしまう。

母親は面会を頑なに拒否している。父を自称する星一心は金は出すものの、会いに行こうとしない。

被害者である正水直の境遇よりも、加害者である片山碧人の境遇のほうに、百瀬は寒々しさを感じた。

「なんなんですか、星二世！」

七重は岡克典が帰ったあと、腕をぶんぶん振り回しながら、文句を言った。

岡は五美二世を引き取るどころか、一顧だにせず帰った。そのことに腹を立てている。

「とっておきの新茶を出してあげたのに！」

七重は腕を振り回し続けている。最近、血の巡りをよくするとシワが減るという美容法をどこかから仕入れてきて、腕をぶんぶん回して血流アップを図っているのだ。百瀬は七重の動きがおかしくてたまらない。腹筋がふるえるほど体が笑いたがっているのを必死でこらえる。

「お茶を淹れたのはわたしですけどね」と野呂が茶々を入れる。

「お茶を出したのはわたしです」と七重は言い返す。

書棚の上でうずくまる丸くて灰色の猫を見上げながら七重はぼやく。

「ヒトケタだった猫が十匹になっちゃったじゃないですか。この子、集団生活に向いてなさそうだし、急いで里親を探さないといけませんね」

腕はぶん回し続けている。

「その子は里親を募集しません」と百瀬は言った。

七重は腕回しをぴたりと止めた。

「なんですって?」

「あずかりものですから。片山碧人さんから一時的にあずかっているのです。飼い主に返すまではここであずかります」

「ムショに入っている詐欺師でしょう?」

「少年鑑別所に勾留されている詐欺をはたらいた少年です」

百瀬はやんわりと修正した。

七重は納得できない。

「直ちゃんを騙した許せないヤツです。彼が直ちゃんに声をかけなければ、直ちゃんは今頃地元で大学に通っていたんですよ。かわいそうに。百瀬先生は直ちゃんの敵の味方になるつもりですか？」

野呂が割り込んだ。

「付添人を引き受けるからには、碧人くんの味方になるのは当然です」

「でも」

不満そうな七重に百瀬は語りかけた。

「わたしは七重さんの言葉に感銘を受けたんですよ」

「わたしの言葉？」

「ええ、おっしゃったじゃないですか。正水さんが初めてここを訪れた時です。この子は子どもなんですから、子どもが途方に暮れているのですから、そういう時は、ああしろこうしろとこっちが決めてあげなくちゃいけません、と」

「ええ、言いました」

「片山碧人さんは十九歳。正水さんとたったのひとつしか違わないのです。彼もわれわれからすれば、はるかに幼い子どもです。そして彼は正水さんと違って、幼い時分から親と離れて生きてきました」

「でも先生はひとを騙さずに生きてきたじゃないですか」

野呂が郵便物をどさっと百瀬の目の前に置いた。

「話はそのくらいで。いろいろ溜まっているので、確認お願いします」

野呂は言いながらウインクをした。助け舟を出してくれたのだ。

百瀬はさっそく郵便物を確認し始めた。記憶にない女性の名前が目に留まる。

封を開けると、整った美しい文字が目に入った。

はじめておたよりします。

わたしは先日子どもをあずけたものです。

あの日わたしは嘘をつきました。

子どもを先生にあずけたのは、火事が心配だったからではありません。

あの時、わたしは退院したばかりで、産後五日目でした。

お腹に子どもができたとわかった時は本当にうれしかった。ひとりで育てていく決意をして、親にも内緒で出産しました。出産直後は希望に満ちていて、不安などひとかけらもありませんでした。

ところが入院中、周囲はみな家族や友人の面会があり、にぎやかでした。

子どもは健康に生まれたのに、それはとてもありがたいことなのに、わたしはたったひとりで、しだいに心細くなってゆきました。母乳が出ないのも気がかりでした。不安なまま退院の日をむかえて、すっかり自信をなくしていました。うちへ帰って我が子と向き合うのが怖くて、くずれおちそうでした。いっそのこと、この子と一緒に死んでしまおうかと、考えました。産む前は幸せだったのに、たった数日でどうしてそんなふうに考えてしまったのか、今では不思議です。その時は苦しくて怖くて、ただただ消えてしまいたかったのです。

そんな時にあの店で先生を見かけました。うちの子の泣き声にめくじらをたてず、微笑んでくれました。とてもやさしそうに見え、女の人と幸せそうでした。朝日を浴びたおふたりは輝いて見えました。「このひとなら」と思い、赤ちゃんをあずけて逃げました。子どもを道連れにせず、ひとりで死のうと思ったのです。店を出たあと、死に場所を探して電車に乗りました。降りたことのない駅で降り、ホームから線路を眺めていました。一台目では飛び込めなくて、二台目を待っている間に、おっぱいが出てきたんです。どんどんあふれ出てきて、下着に染みました。あの子がわたしを呼んでいる、と気づきました。なんてばかなことを考えたのだろうと、目が覚めました。

今から喫茶店に戻っても、警察沙汰になっていて、子を捨てた母親として責められると思いました。すごく怖かった。会わせてもらえないかもと不安なままお店に戻ると、先生があずかってくれているというじゃないですか。

すごくほっとしたし、許された気がしました。

先生はわたしの下手な嘘を受け入れ、子どもを返してくれました。

このご恩は一生忘れません。

先生の名前をもらって、小太郎《こたろう》と名付けて出生届を出しました。

親にも打ち明け、援助をしてもらえることになりました。

これからは何があっても小太郎を手放さず、ふたりで生きていくと約束します。

ほんとうにほんとうにありがとうございました。


読み終わった時、事務所の電話が鳴った。

野呂が取り、しばらくの会話ののち、言った。

「先生、鑑別所からです。片山碧人くんが接見に応じるそうです」


「五美は元気？」

片山碧人は面会室に入るなり言った。

もともと色白で華奢だったが、今はむこうが透けて見えそうだ。少年鑑別所の制服なのだろう、緑色のジャージを身につけている。

「元気だよと言いたいんだけど、ハンスト状態」

百瀬はそう言って、ペットボトル飲料を二本、テーブルに置いた。

大人が収容される留置場と違い、ここでは仕切りのない部屋で会うことができる。碧人があまりに小さくなってしまったため、テーブルが広く、やけに遠くにいるように感じた。

鑑別所職員の法務教官が立ち会い、カメラが回る中での接見である。ここでの発言も審判に影響があるだろうと百瀬は気を引き締めた。

鑑別所内の自動販売機で買った飲料を二本まで持ち込める決まりだ。飲ませられるのは一本だが、選ばせることができるのだ。何を買おうかずいぶんと迷った。碧人の好みがわからないので、オレンジジュースとコーラを買った。どちらも甘い。緑茶は食事の際に出されるだろうから避け、あえて子どもの好きそうな飲料にした。甘いものが苦手だとしたら失敗だ。家族ならば嗜好を知っている。その家族が碧人にはいないのだと百瀬は今更ながら痛感した。

「好きなほうを飲んで」と言葉をかけると、碧人は薄い唇を反抗的にゆがめた。

「五美ががんばっているのに、ぼくが降参するわけにはいかない」

「ハンスト？　意味ないよ」と百瀬は言った。

「五美のために君は一刻も早くここを出るべきだ。それには水分補給が必要だし、元気でいなくてはならない」

ガラスのような碧人の瞳にかすかな変化が見られた。

細い腕が伸び、オレンジジュースを手に取り、飲んだ。あっという間に飲みきった。本当は飲みたくてたまらなかったのだ。うまい、という表情をするまいと顔をこわばらせているが、久しぶりの甘味だったのだろう。

「接見に応じてくれると毎回ジュースが飲めるよ」

すると碧人はあからさまに不快な顔をして、目を逸らした。尊厳を損なう発言だったと百瀬は反省した。

目白の屋敷で会った時よりもずいぶんと幼く見える。

鑑別所ではすでに面接や心理テストがあったはずだ。心理学を専門とする法務技官や法務教官がそれに当たる。家庭裁判所の調査官も面接に訪れる。彼を知ろう、理解しようとする大人が存在することを知り、彼は自分が保護されるべき子どもであることに気づき始めたのかもしれない。

「接見は三十分。時間制限があるんだ」

百瀬がそう説明すると、碧人は質問した。

「あんたの家は清潔？　五美は不潔だと全然だめなたちなんだ」

接見を希望したのは五美の安否が気になったからだと百瀬は理解した。人間には拒否反応を起こすが、猫に対してはそれがない。事務所のゴッホと同じく、他の生物とは折り合えるのかもしれない。だとしたら猫の話題が糸口になる。

「今、うちの事務所にいるんだ」

碧人はぎょっとした顔をした。

「あんた弁護士でしょ。なんでオフィスにいる？」

「事務所には猫が十四もいるんだ。猫トイレもごはんもちゃんとある。獣医の出張診療もある。さほど清潔とは言えないけど、それくらいは我慢してもらわないとね」

「でも食べないんでしょ。食べないと死ぬよね」

「昨日は獣医の往診日だったので、背中に針を刺して生理食塩水を注入した」

碧人は痛そうな顔をした。共感性はあるようだ。

「猫は背中から水分補給ができるんだ。獣医の見立てでは病気ではなく、環境に慣れないせいだろうということだ。これ以上食べなかったら、つかまえて、シリンジで栄養剤を口から入れるけど、まだ体力はあるし、若い。もう少し様子を見ようってことになってる」

「大丈夫なのか」

「だから君は早くここを出た方がいい。猫のためにもね」

「猫が十四だなんて、変な事務所。そんなところの弁護士なんて、ろくなものじゃない」

「我慢して。猫をわたしに託したのは君だし、君の付添人にわたしを指名したのは星一心氏だ。君が認めてくれないと、正式に付添人と認定されないけどね」

星一心と聞いて、碧人の顔はこわばった。唇を噛み締め、頬は紅潮している。貝のように口を閉じ、だんまりを決め込んでしまうかと危惧したが、意外にもまくしたてた。

「あいつはぼくとママを引き離した」

ママ、という言葉に百瀬は胸を衝かれた。幼い頃に母親と別れた故、いつまでも母の記憶が「ママ」なのである。百瀬も「ママ」以外の呼び方をしたことがなく、会った時にどう呼べばよいかわからずにいる。

「星一心氏が引き離したと、なぜそう思うの？」

「事実だからだ」

「じゃあ、星一心氏はどうして引き離したのかな。なぜ君を引き取ったのだろう？」

碧人は再び唇を嚙み締めた。

「相手の視点でものを見てごらん」と百瀬は言った。

「そうすると、ものごとは違って見えてくる。自分の気持ちを殺すってことじゃない。できごとを客観視するんだ。ものごとの表だけじゃなく、ひっくり返して裏も見る。観察してからじっくり自分の気持ちを形作るといい」

しずかな時間が流れた。

碧人は無言だ。混乱しているのだろう。家族という集団の中で暮らした経験がほとんどない碧人には、別の視点を想像するのは難しいだろう。

百瀬自身、家族との経験が乏しい。だから常に客観視を心がけているが、それでも足らないと感じる。相手の視点といっても、自分の脳で考えられる範囲でしかない。それでもやらないよりはずっといい。そう信じている。

碧人は眉根を寄せている。混乱が続いているのだ。

百瀬は七重の言葉を思い出す。

「子どもなんですから、子どもが途方に暮れているのですから、そういう時は、ああしろこうしろとこっちが決めてあげなくちゃいけません」

碧人は十九歳。子どもとは言い切れない。こちらが決めつけることが有効だとは思えない。だが、碧人には子ども時代がなかった、とも言える。今こそ子どもに戻してあげなければならないのかもしれない。混乱している時は道しるべが必要だ。

「星一心氏は君に何か嫌なことをしたかい？　たとえば、暴力を振るったことがある？」

碧人は首を横に振った。

「君があの屋敷に初めて行ったのは、五歳の時だよね。テレビの収録の見学をしたと言った。その時のこと、覚えてる？」

碧人は目を逸らした。

おそらく何度も思い出そうとして、記憶が混濁しているに違いない。百瀬もそうだ。施設に入れられた日のことを思い出そうとして、でも完璧には覚えておらず、穴を想像で埋めていき、昨日と今日では全然違ったストーリーを作り出してしまうこともあった。だから彼のもどかしさが痛いほどわかる。

「気がついたら君はあの屋敷で暮らし、おかあさんを待っていたけど、迎えにこなかった。そうかな？」

碧人は無言だ。

「星一心氏は君に家を与え、猫をくれたね。教育係をつけ、家政婦に身の回りのことをさせて、教育費を払ってくれた」

「…………」

「君に環境を与えてくれたのは間違いない。でも、家族のように親密な触れ合いはなかった。だから君は星一心氏が何を考えているのかわからない。おかあさんもいないし、とまどいを感じただろう。では、考えてみよう。星一心氏はどうして君を引き取ったのだろう？」

「…………」

「君はモデルだった頃を覚えてる？」

「…………」

「シャルルという名で、髪を金色に染めて、目にカラーコンタクトを入れていたんだよ」

碧人は顔を上げ、まぶしそうに目をしばたたかせた。記憶の断片はあるのだろうが、はっきりとは覚えていないようだ。

「星一心氏は君の目からコンタクトをはずし、髪を自然の色に戻したかった。だから引き取ったのではないかな？」

百瀬はふいに自分の母の目の青さを思い、悲しくなった。国際スパイとして生きるため、レーシック手術で色素を焼き、目の色を変えてしまった。もう二度と昔の母の目には戻らない。

「そう言ったの？　あいつが？」

碧人はようやく口を開いた。

「彼は本当のことを話さない。君もね。だからわたしが状況から推測しているんだ」

「推測なんてあてにならない」

「その通り。でも、話すことだってあてにならない。実際に君は作り話で人を騙したでしょう？」

「…………」

「相手の気持ちを推し量ることは大切だよ。本を読む時も、行間にこそ、発見がある。そうすれば、本は読んだ人間のオリジナルになりうる」

「本なんか読まないし、人の気持ちなんかわからない」

「相手の気持ちを推し量っている間は相手のことを思う。わたしは君のことをわかりたいと思って、君のことをずっと考えている」

　碧人は百瀬の目を見た。

「君のことをいろいろと調べたし、考えた。そして君にも、星一心という人物をわかろうとしてほしい」

　碧人は神妙な顔で耳を傾けている。興味をもったようだ。

「もう少し星一心氏のことを一緒に考えてみようか。彼はなぜ君の目からコンタクトをはずしたかったのだろう？」

「視力が正常なら……しないほうがいいから？」

「そうだね、幼い子にコンタクトは負担だ。では星一心氏はどうして君の負担をなくそうとしたのだろう？」

「…………」

「彼のことを知りたい？」

碧人は不承不承という感じで、うなずいた。

百瀬は言った。

「星一心氏は君を自分の息子だと思っているんだ」

「えっ」

碧人の殻がはじけ、子どもらしさが全開した。

「うそ！　だってあいつはずいぶんと……じじいじゃないか！」

「だよね。けれども、君のおかあさんと昔つきあっていたらしいよ」

碧人は動揺を隠せずに立ち上がり、室内を歩き回った。ドアには鍵がかかっている。立会人である教官は目で碧人を追っている。

「あいつがパパ？　それ、ほんと？」

「わからない」と百瀬は言った。

碧人は顔を真っ赤にして、テーブルを平手でバン、と叩いた。

「弁護士のくせに、調べもせずにいい加減なことを言うな！」

百瀬も立ち上がった。

「星一心氏が君を血の繋がった息子だと思い込んで引き取った。それは真実だし、彼の口から聞いたことだ」

碧人は目に涙をため、小刻みに震え始めた。

父を知らない碧人に、「父かもしれない」という話はショックだろう。しかし、この話を抜きにしては先に進めない。

「座ろうか」

教官は碧人のそばに行き、優しく肩を叩いた。

百瀬は教官に向かって言った。

「規則は存じ上げていますが、彼にコーラを飲ませてもいいですか？」

教官はうなずき、視線を逸らした。見ていないうちに飲めということだろう。

百瀬はキャップをはずして、座っている碧人にペットボトルを握らせた。ぶるぶる震える華奢な手に手を添えて、ひとくちだけ飲ませた。碧人はごくんと飲み込んだ。しばらくすると、頬の紅潮は少しだけおさまった。

百瀬は席に戻り、話を続けた。

「遺伝子上の親子か否かはたいした問題ではありません。今しているのは動機の解明です。彼があなたを息子だと思った。だから大切に思い、悪いものから遠ざけ、守りたかった。その思いには意味があります」

碧人はしばらく黙っていた。残り時間は十分、と教官はつぶやいた。

碧人は辛そうにつぶやいた。

「悪いものって、ママ？」

「カラコンとヘアカラーは五歳の子にとって悪いものだと星一心氏が判断した、ということです。だから引き取って栄養バランスのとれた食事と高等教育を与えようとした」

「でも結局はぼくを置いて出て行った」

碧人は青ざめた顔で言った。

百瀬は「そうだね」と頷く。

「星一心氏はなぜ家を出たのだろう？」

「ぼくを恐れていたんだ」

カメラが回っているが、碧人という少年を理解するために避けては通れないと判断し、百瀬は言った。

「天の間に火をつけようとしたね？」

碧人は黙ったままだ。

「振り向いて欲しかった？」

「焼き殺してやろうと思ったんだよ！　だからあいつは恐ろしくなって出ていったんだ」

碧人は言い放ってから、ちらと百瀬を見た。目が合うと、逸らした。心の中を覗かれるのを恐れている。

「推測だけど」と百瀬は前置きをして、「家を出た理由は、老いではないかと思う」と言った。

「老い？」碧人は怪訝な顔をした。

「実は五美が亡くなった頃、星一心氏は心臓の病を発症しています。老いを意識し、君から離れていったのではないでしょうか。今は杖なしでは歩くのが困難な状況です。やがて歩けなくなるだろうし、突然死ぬかもしれない。彼は自分の老いや死を君に見せたくなかったんじゃないかな」

　碧人は神妙な顔をしている。

「五美が亡くなった時、君はかなり取り乱したんじゃない？」

　碧人はまばたきを繰り返した。心当たりがあるのだろう。

「ここで少し彼の仕事について考えようか」

　三十分経過したが、教官は黙ったままだ。

「彼は若い頃に占星術を学んだ。占星術は学問であり、ひとつの考え方ではあるけれど、それですべてがわかるわけではない。占星術に限界を感じた彼は、経済を学んだ。独学だけど彼はひじょうに勤勉で、センスもあり、先が読めるようになった。だから起業家や政治家からの相談に的確な答えを出すことができた。経済学で裏打ちされた解答を占星術というレッテルを貼って相手に渡す。多くの人間はレッテルやブランドに弱いから、たくさんの金を払ってそれを受け取る」

「それって詐欺でしょ？」

「相手に損をさせない点では、君たちのしたことと異なるよね」

「…………」

「これも推測だけど、占星術とは関係なく、彼には人を見る才があると思う」

碧人は黙って耳を傾けている。

「占い師として研鑽をつみ、人と対峙することを重ねるうち、相手の未来がぼんやりとだが見えるようになった。彼もそれに気づいているはずだけど、認めないでしょう。あまり幸せなこととはいえないので」

碧人は再びコーラを飲んだ。四十分が過ぎたが、教官は興味深く百瀬の話に耳を傾けている。

「星一心氏が家を出る時、おかあさんの連絡先を君に教えただろう？　おかあさんに連絡した？」

碧人は目を落とした。連絡できなかったのかもしれない。勇気を出して連絡したけれど、冷たい反応だったのかもしれない。ここは踏み込まないほうがよさそうだ。

「君はなぜそっくりな猫を購入したの？」

碧人は悪ぶった目をした。

「五美の世話をするものは屋敷に住み続けることができる。そういう契約書があるでしょ」

「五美の死を認めたくなかったんじゃない？」

碧人の青白い頬がうっすらとピンク色に染まった。

「君は寂しかったんじゃないの？　寂しいから猫を購入したし、寂しいから友人を呼んだんじゃないの？　集まったみんなも寂しくて、だからみんなでゲームをしたんじゃない？」

「…………」

「ゲームは面白くなくちゃいけない。みんなが夢中になれるゲームじゃなくちゃいけない。それが人を騙すことだった、違う？」

碧人はゆっくりと下を向き、黙り込んだ。

「五美は死んだ。うちであずかっている猫は五美ではないよ。あの子にちゃんと名前をつけてあげたらどうかな？」

碧人は答えない。

「では質問を変えようか。君はなぜ正水直さんに声をかけたの？」

「あそこに、いたから」

「選んだんじゃない？」

碧人の体はびくっとし、テーブルが揺れた。

「君はオーラのようなものが見えると言ったね。星一心氏は君の能力を否定した。彼はスピリチュアルなものを頑なに否定する。その能力が彼を苦しめているからじゃないかな。身近な人の、たとえば大切な家族の先にある不幸は見たくないでしょう？　彼はオーラを見てしまわないように、家族と距離を置いていたのではないかな」

「…………」

「君は合格発表の日、正水直さんを見かけて、彼女が愛されている子どもだと感じた。彼女は無防備だったでしょう？　騙すのは簡単だったよね。親に愛され、守られてきた証だと、君が思うのも無理はありません」

「愛されてるんだろ？」

「はい」

碧人は顔をしかめ、吐き捨てるように言った。

「ぬくぬくと育ちやがって。少しくらい痛い目にあえばいい」

百瀬はおだやかな目で碧人を見つめ、微笑んだ。

「君はあまりにも欲がない」

碧人は意表をつかれた顔をした。教官も同じ表情をしている。

百瀬は続けた。

「もっと欲を持とうよ。幸せな人にはもっと幸せになってもらって、自分もそこへたどりつこうよ。幸せな人を引きずり下ろしたら、君は不幸なままだ」

「ぼくは不幸じゃない」

「そうだよ。君は不幸ではない。五美二世は君を待っている。星一心氏は君を大切に思い、援助を惜しまない。おかあさんは君を産み、ミルクを与え、おむつを替えた」

碧人は百瀬を食い入るように見つめている。

碧人の眼差しは透明度を増し、透き通った魂が覗き見えるようであった。

「そろそろ」と、教官が切り出した。

接見時間はすでに五十分になろうとしていた。

教官に促されて、碧人は立ち上がった。部屋を出る時、碧人は振り返り、何か言おうとしたが、あきらめたように出て行った。

ドアは閉まった。

百瀬はひとり部屋に残され、空のペットボトルを見つめた。


二宮《にのみや》は所長室を訪れた。

山のように積まれた書類に目を通していた所長は、老眼鏡をはずして二宮を見た。

「考えは変わらないかね」

「はい」

「経験豊かな君が定年を待たずにここを辞めてしまうのは残念でならない」

「申し訳ありません」

「奥さん、そんなに悪いの？」

二宮は小さく頷いた。

「時短勤務を申請してみないか」と所長は言った。

「命をあずかる職場で……それはできません」

「職員にも人生がある。時代は変わって行くんだ」

所長の言葉に、二宮は首を横に振った。

「このあと面会の立会いがありますので」

深々と一礼して、所長室を出た。

二宮は法務教官である。問題を起こした少年たちを社会復帰させるための指導・教育を行う専門職だ。少年院に二十年勤務したあと、少年鑑別所へ移動し、十六年が経った。ここに送られてくる少年たちはみな傷つき、くたびれ果てている。

鑑別所は少年院と違い、審判が下るまでの仮の宿だ。指導よりも見守る意義が大きい。ひとときでもぬくもりを感じ、心を休めてほしいと願いながら、二宮は彼らを丁寧に見守っている。カチカチの心をふやかす、そんなイメージを持って。

天職だと思っていたが、妻が癌を患い、ついにステージ4と診断され、ホスピスに入ることになったため、退職を願い出た。

「あなたは仕事を続けるべきよ」と妻は言うが、二宮の決意は固い。

結婚してから一度も喧嘩をしたことのない夫婦であった。娘がいたが、十歳の時に小児癌にもっていかれた。二宮は単身赴任中で、少年たちの世話で忙しく、わが子が闘病中、見舞いに行けたのは数えるほどで、妻がひとりで付き添い、見送るまでをやってくれた。

点滴のあとが痛々しい娘の亡骸と対面した時、少年たちと娘が重なって見えた。少年たちは家族の愛に飢《う》えているものが多い。自分の娘も彼らと同じように父の愛に飢えていただろうと思う。

二年前、妻が癌と宣告された時、バチが当たったように感じた。娘に愛を注げなかった男に、神が「ひとりになって孤独を思い知れ」と罰を下した気がしたのだ。あと十ヵ月で定年退職の予定だが、辞めて妻に寄り添う決意をした。

肌の色が西洋人のように白い少年を個室に迎えに行き、面会室へと誘導する。母親が面会を拒んでいる孤独な少年だ。

面会室にはすでに面会人がいた。

背中が曲がった顔の長い老人である。テーブルには二本のペットボトル飲料があり、どちらも緑茶であった。

少年は緊張した面持ちで座った。互いに挨拶をせず、目も合わせない。

資料によると、面会人は肉親ではない。一時期少年を養育した経緯がある八十歳の男である。少年の付添人となった弁護士がこの老人を後見人に推薦している。少年に対して愛情があり、経済力もあるというのだ。

鑑別所としては、首をかしげる選択だ。十九歳の少年の後見人としてはあまりにも歳をとり過ぎている。鑑別結果通知書の後見人欄に「非血縁者八十歳」と記載すれば、家庭裁判所の審判に影響を及ぼすだろう。見守り不十分とみなされ、児童自立支援施設あるいは少年院に入院することになるかもしれない。

この少年は暴力性がなく、繊細である。家庭での保護観察が妥当であると二宮は考えている。それには血の繋がった母親を説得し、引き取らせる必要がある。それが家庭裁判所及び社会が納得するまっとうな方向性だ。

　少年は緑茶を睨みつけている。彼は五日前の接見でジュースとコーラを飲んだ。甘い飲み物が好きなのに、老人が差し入れたのは緑茶二本。選択の余地のない差し入れだ。愛情がある、と弁護士は言ったが、いかがなものか。

「残り十分」と二宮は言った。このたびの面会は十五分と決められているのに、両者睨みあったまま、すでに五分が経過した。

　ついに老人が口を開いた。

「歯を磨いているのか」

　少年ではなく、二宮を見ている。

「朝晩歯磨きの時間を取っています」と答えた。

「デンタルフロスは使えるのか」老人は再び問うてきた。

「希望すれば自費で購入したものを使うことができます」

「風呂は毎日入れるのか？」

「週二回と決まっています」

「若いのに週二回は少ない。この子には毎日の入浴を希望する」

　妙なことになってきた。面会になっていない。

「決まりですので」

「金なら払う。毎日入浴させてくれ」

「できません」

「いくら欲しい？　言うだけ払うぞ」

「国家公務員法違反となります」

「所長を呼べ」

「できません」

「日光を浴びる時間はあるのか」

二宮は無視することにして、目を逸らした。老人はしつこくしゃべりかけてくる。

「日光を浴びることにより、ビタミンDが生成される。ビタミンDは骨の発育及び筋肉の強度を高める。日光浴を認めるべきだ」

「あと五分」

二宮はやや強い口調で言った。動揺していた。面会時間にこちらが問いただされるなんて、初めてのことだ。

少年は緑茶を飲み始めた。すると老人も飲み始めた。

少年は言った。

「コーラ売ってるでしょ」

少年はこちらを見ている。二宮に言ったのだ。

「売ってるよ」と二宮は答えた。

すると老人は二宮に意見した。

「歯に悪いものをどうして売る？」

「うまいからだよね」と少年は二宮に訴える。

よっつの目が二宮に注がれる。なぜふたりで会話をしない？　なぜ自分を巻き込む？

「時間です」と二宮は言った。

少々早いが、面会が成立しないので、切り上げることにする。

少年は立ち上がり、二宮に言った。

「弁護士事務所は猫の居場所にふさわしくないよね？」

二宮はたじろぎ、「さあ」とつぶやいた。

「そんなこともわからないのか！」

老人は二宮を怒鳴りつけた。

二宮は呆気にとられた。

制限時間となり、少年を伴って面会室を出る。

長い廊下を少年のか細いうなじを見ながら歩いた。妙な面会であった。経験したことのない展開であった。歩くうちに緑茶の意味を理解し、じわりじわりと胸が温まるのを感じた。

少年は突然立ち止まり、肩を震わせて嗚咽した。

彼が泣くのは入所して以来初めてだ。初日は妙におとなびていて、人をくったような態度であったが、少しずつ子どもらしさを見せるようになっていた。しかし、涙は見せなかった。たった一度もだ。

泣き慣れていないのだろう、手の甲でしきりに目をこすっている。

泣くのにも上手い下手がある。下手な子は生き方が不器用だ。

二宮は彼の嗚咽がおさまるのを静かに待った。

愛されている子どもだ、と二宮は気付いた。おそらく少年自身もそれに気付いたのだ。

やがて落ち着きを取り戻した少年は、再び歩き始めた。二宮もあとに続いた。

少年を個室に届けたら、再び所長室に行き、時短勤務を願い出ようと思った。


正水直は黒いリュックを抱きかかえ、長距離バスに揺られている。

窓から差し込む朝日がまぶしい。

新宿発甲府方面行きのバスは、中央自動車道を突っ走る。富士山が一瞬見えたが、手前の山々にかき消された。

亜子と春美に連れて行ってもらった都庁の展望台。そこから見えた富士山を思い出す。五合目から上がくっきりと見えた。離れて見る方が美しく見えるのだと知った。

リュックの中には小切手が入っている。百万円と書かれている。これを信用金庫に持っていけば、現金化できるそうだ。

一昨日《おととい》の夜、百瀬が二〇四号室を訪れた。やつれた顔で、「取り戻せたよ」と、小切手を差し出した。そばで春美が飛び上がり、「でかした！　猫弁！」と叫んだが、直はぼうっとして、手を出せなかった。

百瀬は直の手に小切手を握らせ、「これを持って、おかあさんのところへ帰りなさい」と言った。それだけ言うと、「おやすみ」と出て行った。

紙切れ一枚渡されてもピンとこなかったが、春美が「よかったよかった」と喜んでくれたし、仕事から戻った亜子が訪れ、「直ちゃん、おめでとう」と涙ぐんでいたので、じわじわと「お金は戻るのだ」と思えてきた。

あの老人の予言は正しかったのだ。

母にはメールで「帰る」とだけ告げた。日当で貯めた金を減らしたくなくて、電車ではなく長距離バスを選んだ。学期の途中で帰ることを母は不思議がらず、ただ「待ってる」とだけ返信をよこした。

翌日、法律事務所にお礼の挨拶に行った。百瀬は外出中で、七重と野呂がお金が戻ったことを喜んでくれた。

今朝は、出勤のついでと言って、亜子がバス停まで付き添ってくれた。

「おかあさんによろしく」と手を振る亜子の笑顔が朝日の中で輝いて見えた。

バスの中で直は、喜びに浸りきれずにいた。早稲田大学に落ちたこと、詐欺に遭ったことを母に告げなければならない。

母は怒る。娘が早大生だと信じているのだから。

たぶん狂ったように怒る。朝顔の開花を見るために一晩濡れ縁にいると言っただけで怒り狂った母。娘は大学に落ちており、それを言い出せずに一ヵ月近くも東京に留まっていたと知ったら……。

直は腕章の男に騙された。そして母はわが娘に騙された。

犯人と同じく、自分も嘘つきである。

正直に生きてきた直が生まれて初めてついた嘘。それが今、直を苦しめていた。

なつかしい甲府の街並みが見え始めた時、「駅前で降りずにこのまま終点まで乗っていこうか」という考えが頭に浮かんだ。そうすれば現実から逃げるゲームが延々と続く。終点には温泉宿がある。遠い昔、家族三人で訪れた古い宿。

駅前のターミナルにバスは着いた。ちらと外に目をやり、驚いた。母が立っているのだ。

なぜバスで帰るとわかったのだろう？

どうしてこの便だとわかったのだろう？

もう逃げられない。観念してバスから降りた。すると母は駆け寄ってきて、いきなり直を抱き締めた。

「おかえり、直」

心臓が止まりそうになった。

母は人目もはばからず直を強く抱きしめたまま、離れようとしない。

こうして母の体温を感じるのは何年ぶりだろうと思った。記憶にある限り、母は朝早く仕事に出かけ、夜は疲れた顔で帰宅して、休みの日は朝から家事をやり、夜は家計のやりくりでため息をついていた。

早稲田大学に通っている娘がそんなにかわいいのだろうか？

嘘は怖い。事実を曲げてどんどん広がってゆく。

「おかあさん、わたしね」

「ストップ！」

母はようやく離れた。母の目は真っ赤で、涙が滲んでいる。

「おかあさん？」

「いいから」と母は洟《はな》をすすった。

「全部わかってるから、何も言わなくていいから」

母は直の手を取った。

「落ちてたんでしょ？」

直は胸がざわつき、恐る恐るうなずいた。

「歩いて帰ろうか」

母は直の手を握りしめた。

母と手をつなぐのは何年ぶりだろう。

駅からアパートまでは三キロある。直はいつも歩くが、忙しい母が歩くのは珍しいことだ。ふと、小切手の存在を思い出した。十日以内に金融機関へ持っていかないと無効になると聞いている。

「信用金庫へ寄っていい？」

「そうだね、小切手をお金に換えなくちゃね」

「おかあさん？」

「全部知ってるって言ったでしょ」

それからふたりで駅前の信用金庫へ行った。窓口でおそるおそる小切手を出すと、職員は素早く手続きをして、母の口座へ入金してくれた。

お金は全額返ってきた。

小切手ってすごいんだ、と直は感心した。

母と並んで家を目指して歩く。

「直が先月東京へ行って、無事寮に入ったって、メールをくれたでしょう？」

「うん」

「その日、深夜バスで、東京から弁護士さんがやってきたの」

「えっ」

「朝早く職場にやってきて、少しだけお時間いただけますかと言われた。弁護士って言うものだから、あの人のことかと思うじゃない」

母は父のことをあの人と呼ぶ。母がそう呼ぶたびに直は少しだけ傷つく。

「あわてて課長に許可をもらって、倉庫の裏の公園で話を聞いたの。奇妙な髪の弁護士さん」

「百瀬先生？」

「そう、妙なくせ毛でね、おかしな丸めがねをかけてて、態度は全然弁護士っぽくなくて、そうだな、漫画に出てくる科学者っぽいというか、でも名刺にはちゃんと弁護士って書いてあって」

「うん」

「直の身に起こったことを丁寧に説明してくれた。わたし、そんなことあるのかしらと思ったけれど、どこか腑に落ちるところもあったの。ショックではあるけど、ああ、そういうことかって、静かに受け止めることができた。不思議よね。百瀬先生の口から説明されると、なんだかこう、素直な気持ちになれるのよねえ。初対面だけど、すごく感じのいい人で、話を聞いているうちに、どこか懐かしい気持ちになってね。なんだろ、気持ちが洗われるっていうのかしら。詐欺で百万も取られたのに、なーるほど、なーんだそんなことかって、素直に思えて」

「合格してなくて、ごめんなさい。言い出せなくて、ごめんなさい」

「おかあさんも、疑いもせずに振り込んだこと、反省したわ。直が騙されてもわたしが気づくべきだった。大人なんだもん。合格したのがあまりに嬉しくて、疑いもしなかった」

　直は「うん、わたしも」とつぶやく。

「百瀬先生が、知り合いの女性のうちでしばらく直をあずかるから、どうか少しの間、待っていてくださいというのよ。直が心の整理をつけて、おかあさんに本当のことを言えるようになるまで、待ってあげてくださいって。話を聞いたあと、百瀬先生と一緒に振り込み手続きをした信用金庫に行って、被害届を出したの。それから百瀬先生は、お金を取り戻せるよう、動いてみますとおっしゃってね。わたし、着手金を払うお金がないと言ったんだけど、これは依頼されて動いているわけではありませんと言うの。地方から来た未成年に、東京に住む大人として、責任を持ちたいだけですと。そして最後に、娘さんを無事にお返しすると約束します、とおっしゃって」

「約束……」

「弁護士さんてほら、あの人の時そうだったけど、最悪の事態をちらつかせるじゃない。覚悟が必要とか、期待しないでほしいとか。だけど、百瀬先生は約束するって言ってくれたのよ。わたし、急に子どもに戻った気分になって、あのバスターミナルでゆびきりげんまんしてもらった」

「ゆびきり？」

「ゆびきりしてくださいと言ったら、びっくりされたけど、ちゃんとしてもらえたわ。そして帰られた」

　そんなことがあったんだ。

「昨日も電話があったの。おかあさんに本当のことを言ってしまったこと、直さんを結果的に騙してしまったこと、ごめんなさいと伝えてくださいとおっしゃって」

「そうだよ、百瀬先生、わたしを裏切った」

「ばかね。未成年の女の子をあずかる大人として、当然でしょう？　先生が帰ったあと、二日に一度は同じアパートに住む大福亜子さんから電話をもらって、直の様子を細かく教えてもらったの。何を食べたかまでね。直の暮らしがわかったし、だからおかあさん、なんとか直の嘘につきあえた」

　直は歩きながら自然と涙を流していた。やはり涙は安心すると出るもののようだ。自分は嘘をついた。でも、その日のうちに嘘だと母に伝わっていたのだ。嘘の罪が軽くなった。百瀬がいる東京に向かって、心の中で手を合わせた。

「おかあさんがゆびきりするなんて、意外だな」

「おかあさんね、昔、プロポーズされた時、絶対幸せにしますからと言われて、ゆびきりをしたのよ。なんだか百瀬先生といると、その頃のこと思い出しちゃって」

　直は「おとうさんと？」と言った。

「そう、おとうさん」と母は答えた。

　あの人ではなく、おとうさんと言った。何年ぶりだろう？

「おかあさんね、今度、面会に行ってみようと思う」

直は心底驚いた。

「ほんと?」

「ほんと、ほんと」

「わたしも行く。お邪魔?」

「邪魔じゃないよ。一緒に行こう」

「じゃあ、約束!」

直は小指を突き出した。母はびっくりした顔をしたが、立ち止まり、そっと小指をからめた。

「おかあさん、なんだか別人みたい」

母はふふふと笑い、歩き始めた。

「百瀬先生がおかあさんを変えたのかな?」

「それだけじゃないのよ。直が東京へ行ったでしょう? わたしたち、離れたでしょう? 離れると逆に見えてくるものもあるんだと思う」

直は歩きながらうなずいた。

富士山もそうだった。

離れると美しく見える、とさっきは思ったけれど、離れると本当の姿が見えるのかもしれない、と今は思うのだった。

詐欺に遭う前より幸せになっている自分に気付いた。今度また何かあっても、絶望せずに乗り切れるのではないか、そう思えるのだった。

本日の百瀬法律事務所は珍しく静かだ。

七重は狭いキッチンでうずくまりながら黙々と戸棚の整理をしている。

ワイドショーの星占いコーナーで、「てんびん座は整理整頓を心がけましょう。そうすれば近々素敵な出会いがあります」と聞き、その後ずっと作業に熱中している。

野呂は「いまだに素敵な出会いを待ってるんだ」と呆れつつ、静かな中で事務作業がはかどり、たいへん良い気分である。つい、鼻歌まで出てしまう。

「うるさいです」

七重に注意され、野呂はムッとする。こちらは年がら年じゅう七重のおしゃべり攻撃の中で仕事をしているのだ。喉まで出かかる「うるさい」を口からこぼさぬように努力しているのに、向こうから「うるさい」と言われるなんて、心外である。

七重は立ち上がり、野呂を睨みつけた。

「いっそのこと、鼻じゃなくて口で歌ったらどうです？」

「仕事中に声を出して歌うなんてとんでもない」と野呂は言い返す。

空気がぴりりと張り詰めた。

「野呂さんのバリトン、ぜひ拝聴したいですね」と言ったのは百瀬である。

野呂と七重はハッとした。

百瀬は外出先から戻ったところで、鞄をデスクに置きながら、「今の曲はモーツァルトの『五月の歌』ですよね」と言った。

「さすが先生、ご存知ですか」野呂は上機嫌だ。

「モーツァルト？」

七重は眉根を寄せる。

「モーツァルトならわたしも知ってますよ。中学の音楽室に肖像画が貼ってありました。わたしの中学にも息子の中学にもいましたよ、うりざね顔で白い髪のモーツァルト。野呂さんの鼻歌だとわらべ歌に聞こえましたけどね」

「七重さんは鋭いですね」と百瀬は言う。

「モーツァルトの曲に青柳善吾《あおやぎぜんご》が詩をつけて、唱歌として小学生に歌わせていた歴史ある歌なんですよ」

「青柳善吾？　誰です、それは」

「明治から昭和にかけて日本の音楽教育に貢献した人です」と野呂が答えた。

野呂は立ち上がり、咳払いをすると、腕を広げて歌い始めた。

「楽しや五月　草木は萌え　小川の岸に　菫《すみれ》匂う

優しき花を　見つつゆけば　心もかろし　そぞろ歩き」

野呂のバリトンボイスは艶と力強さを兼ね備え、迫力がある。大学ＯＢで作る混声合唱団に所属しているだけあり、発声法も音程も確かで、見事だ。

百瀬は惜しみなく拍手を送った。

「子どもの歌にしては堅苦しい詩ですね」

七重の感想はそっけないものである。

「たしかに」と野呂は素直に認めた。

「青柳善吾は体制側の人間で、当時流行った童謡を批判し、文部省が認めたものしか唱歌として教材にすることを許さなかったのです」

百瀬があとを続けた。

「青柳氏は西洋音楽を学んだ身として、流行歌を稚拙《ちせつ》だと批判しましたが、童謡のすべてを頭ごなしに否定したわけではなく、その魅力は認めているんですよ。北原白秋《きたはらはくしゅう》や野口《のぐち》雨情《うじょう》などの童謡には一目置いていたようです」

七重は「難しいことはわかりませんけれど」と前置きをして、「わたしはこの歌が好きです」といきなり歌い始めた。

「おかあさん　なあに　おかあさんていい匂い
洗濯していた匂いでしょ　しゃぼんのあわの匂いでしょ
おかあさん　なあに　おかあさんていい匂い

　お料理していた匂いでしょ　卵焼きの匂いでしょ」

　野呂と百瀬は驚いた。力強いアルトで、発声法は我流だが、音程に一分の狂いもなく、心を揺さぶる魅力的な歌いっぷりである。

　ふたりが何も言わないので、七重はきょとんとした。

「知りませんか？　この歌。わたしが幼稚園で歌った歌です」

「知っています」と野呂はやっと答えた。

　七重は言う。

「でもこれ、最近は歌いませんよね。洗濯や料理は女の仕事、子育ては女の仕事と決めつけるようで、反感を買うって聞きました。考えてみれば、たしかにそうですよ。そうですけど、おかあさん大好きって、ちいちゃな子が思うこと自体は、良いことですよね」

「ええ、ですが、そういう環境にない子がいますので」

　百瀬は遠慮がちに言った。

　野呂は「会えましたか？」と尋ねた。

「会えました。ようやく」

　百瀬はたった今、片山碧人の母に会ってきたのだった。

　住んでいる家の近くは困ると言われて、喫茶エデンで会った。

　年齢は七重と同じくらい。上質なスーツに身を包み、髪は美しくカールしていて、上品な色のマニキュアを施し、目白の喫茶店で見かけるような、よい暮らしをしているご婦人というたたずまいだ。色が白く美しい細面の女性で、星一心が言う通り、碧人に生き写しであった。

若い頃に星一心と関係を持ったことは認めたが、碧人は彼の子ではないと思うと言った。当時は複数の男性と付き合っており、誰の子かわからないというのだ。上品な口元から、そのような言葉が出てくるのが不思議であった。彼女は良いうちに生まれ、親のすすめる相手と結婚し、家庭を守ってきた人に見える。セレブなたたずまいを血がにじむ努力で身につけたのだ。

「お金がある人と結婚したかった。経済的に困窮するのは耐えられなかった」と彼女は言う。貧しい育ちで、人に言えないような目にもあい、自分にあるのは美貌《びぼう》だけで、男に養われることを目標に生きるしか道がなかったという。

星一心は妻と離婚する気はなく、家庭的でもないと知って、すぐに別れた。妊娠すれば結婚してくれると思った男たちはみな逃げてゆき、手元に残ったのは碧人ひとり。碧人をモデルにしてなんとか生活費を捻出していたが、そんな折に星一心と再会し、碧人をくれと言われて、目が覚めたという。

「このひとといるほうが、碧人は良い暮らしができる」と気付いたのだ。

だから碧人の前から姿を消すことにした。

それを機に自分の過去を葬り、人生をやり直す決意をしたという。

資格や学歴がなくとも仕事にありつけると聞き、家政婦紹介所に登録した。懸命に働きながら、様々な家庭に出入りした。金があっても幸せとは言えない家庭もあることを知った。

妻に先立たれ、幼い娘とふたり暮らしをしている官僚の家で、ほかの家政婦とローテーションを組み、二十四時間体制で掃除や洗濯、料理、育児を行った。その娘は小学生で、縁を切った息子と同い歳であった。幼くして母を亡くしたせいか、難しいところがある子で、不登校が続き、リストカットを繰り返した。家政婦仲間はその家の担当を嫌がった。「担当した時間に死なれたらたまらない」と。

彼女が当直の日に女の子が高熱を出し、つきっきりで看護をしたのをきっかけに、女の子は彼女にだけ心を開くようになったという。

その官僚は今、彼女の夫である。心の健康を取り戻した娘はイギリスに留学中で、春休みに帰国したタイミングで、警察から碧人逮捕の知らせを受けた。娘に「子どもを捨てた過去がある」とは言えず、碧人との面会を拒否したという。娘の心を守るのが自分の使命だと言い切った。

「碧人には今後も会うつもりはありません」

碧人そっくりの顔の女性は冷徹な表情で言った。過去に引き戻されないよう、自分を律しているように見えた。

百瀬は天井を見た。前頭葉に空気を送って思いをめぐらせた。さまざまな思いが脳裏をよぎる。赤ちゃんを百瀬にあずけた女性。猫を抱いていた碧人。青い鳥こども園で母を待っていた自分。園の門が網膜に焼きつくほど、母の姿を待ち続けた過去。母であることの難しさ。

百瀬は彼女に言った。

「娘さんにとって、良いおかあさんでいてあげてください」

顔をこわばらせていた彼女は、途端に弛緩したような顔になり、素直な目からは涙があふれた。美しい手で顔を覆い、彼女は泣き続けた。何年分の涙だろう。涙を一滴も家に持ち帰らないよう、ここですべてを流してゆく、そんなふうに見えた。

百瀬は思った。

人は二本しか手を持たない。自分の手で抱えられるものしか、守ることができないのだ。他人には「冷たい実母」に見える彼女は、義理の娘にとっては聖母だし、夫にとってはかけがえのない伴侶なのだ。

ふと、千手観音の姿が浮かんだ。百瀬は自分の手を見て、ああなれたら、と思うのだった。

七重はしんみりとした顔で、「五美二世は元気ですかね」と言った。

例のブリティッシュショートヘアは今、飼い主のもとにいる。飼い主はもちろん片山碧人である。

家庭裁判所は「生育環境に同情すべき点がある」とし、碧人に保護観察という審判を下した。詐欺グループ全員の親が被害者すべてに全額返済し、示談を成立させていたことも判断材料になったと推測される。

百瀬は碧人の付添人として早稲田大学へ何度も足を運んだ。退学処分は免れ、一年間の停学ののち、復学できることとなった。

後見人となった星一心は今、碧人を正式に養子として迎える手続きを進めている。

あの古い二階建ての家で、ふたりは暮らし始めた。星は一階、碧人は二階。五美二世は好きに行き来をしているという。ごはんもがつがつ食べているそうだ。新しい名前ももらった。シャルルという名だ。

碧人は母に碧人とシャルル、ふたつの名前を貰ったと受け止め、そのひとつを猫の名として残した。思いは複雑ではあろうが、母を恨んではいないとわかり、百瀬は胸をなでおろした。母への思いはそう簡単に吹っ切れるものではないが、現在自分を愛してくれている存在がある、ということが彼の支えとなってゆくだろうと百瀬は確信している。星一心と、シャルルという存在だ。

保護司が月に数回家を訪問し、生活を見守っている。ついでに星一心に相談事をもちこみ、ただで助言を得ているらしく、業務上横領に当たらないかと野呂は心配したが、「星さんは引退したので、占いは趣味です。問題はないでしょう」と百瀬は言った。

野呂は養子縁組についても案じていた。

「財産分与に関わることだから、すんなりといきますかね」

　しかしそれも順調に進んでいる。

　岡克典と妹は、「親父の老後の世話をしてくれるものに、財産を分けるのは当然のこと」とむしろ積極的だ。星一心は目白の屋敷を売却して、生前贈与で岡克典とその妹、そして碧人の三人に分与する予定だ。手続きは百瀬に一任され、税理士と話し合いながら進めている。

「星一心に十九歳の養子ですか」

　七重は感慨深げである。

　百瀬は口には出さないが、本当の親子なのではないか、と推測している。碧人は母親に生き写しの顔をしているが、耳の形が星一心にそっくりなのである。悪魔のようにツノが立っており、それでいて耳たぶはふっくらとして、福耳だ。悪魔的部分と、神的部分が同居しており、第六感もある。

　七重は「おかあさん　なあに」を鼻歌で歌いつつ、「先生のおかあさんは、どんな匂いがしましたか？」と尋ねた。

　七重のいきなりの質問に、百瀬はビクッとした。

　野呂があわてて「七重さん」と止めるが、もう遅い。

「先生は記憶力がいいのですから、思い出してみてください。七歳までは一緒だったんですから、碧人くんよりは思い出があるでしょう？」

百瀬は天井を見上げた。前頭葉に空気を送りながら考えた。しまいには目をつぶり、記憶の糸を手繰り寄せた。

野呂も七重も息を潜めて答えを待った。

やがて目を開け、百瀬はつぶやく。

「カビの臭い」

「カビ？」

野呂も七重も同時に素っ頓狂な声を発した。

「ええ、母は洗濯も料理も人任せで、学問ばかりしていました。アメリカやイギリスの大学図書館や古書店をめぐって、書物に埋もれるようにしていたので、帰宅するといつも古書特有のカビ臭さが漂っていました。だからかな、カビの臭い、そう嫌いじゃないんです」

百瀬はそう言うと、キッチンを見た。七重が作業を途中でやめてしまったので、床に洗剤や古いやかんが散らかっており、ほのかにカビの臭いが漂っている。

野呂は遠慮がちに尋ねた。

「金沢へはまだ行かないのですか？」

百瀬は唇を嚙み締め、小さく頷いた。

七重はずけずけと問う。

「ずっと会いたかったおかあさんが金沢の刑務所にいるとわかってるのに、なぜ会いに行かないのですか？」

百瀬は問いに答えることができない。母が金沢に収監されたと知った時、「いつでも会える」という考えが頭に浮かんだ。と同時に足がすくんでしまい、行くのを先送りにしたまま二ヵ月が過ぎようとしている。

ずっとそのことについて思い煩ってきた。前頭葉に空気を送っては、「なぜ行けないのか」を考えてきた。

母に会うのが怖い、というのがある。

なぜ、怖いのだろう？

「とっとと行って、ひとこと文句を言っておやりなさい」

七重は腰に手をあてて仁王立ちで言った。

「いきなり消えちゃうなんて、ひどいじゃないか。寂しかったよと、怒ってやりなさい。それが子どもってものです。いっぺん子どもに戻って、ぶつけておやんなさい。子どもの時の正直な気持ちをぶつけておやんなさい」

強い口調に反して、七重の目にはうっすらと涙が滲んでいる。

百瀬は以前の七重の言葉を思い出す。

「子どもが途方に暮れているのですから、そういう時は、ああしろこうしろとこっちが決めてあげなくちゃいけません」

自分は途方にくれた子どもで、だから七重が決めてくれたのだ。

決められたことに、安堵している自分がいた。


「おめでとうございます」

　亜子は結婚相談所会員の佐藤良夫に心から祝福の言葉を贈った。

　ここは七番室ではない。亜子が住むアパートのりんごの木の下である。

「ありがとうございます。おかげさまで、すばらしい伴侶と出会うことができました」

　にこにこ顔の佐藤良夫の横で誇らしげに黒猫を抱いているのは青木その子である。

　佐藤はアパートを見学に訪れた日に、このりんごの木の下で青木その子と出会った。木に登った三毛猫救出をきっかけに親密になり、スピード入籍したのだ。

　佐藤は照れ臭そうに頭をかいた。

「入会してからずっと担当していただいたのに、入籍してからのご報告ですみません。先日、彼女をうちの母に紹介したら、ふたりは意気投合して、母がもう、この足で入籍しちゃいなさい、っていうもんで、三人で区役所へ行ったんです」

「おかあさんにのせられて、発作的に入籍しちゃいました」

　その子は肩をすくめる。もう青木その子ではない、佐藤その子だ。

　佐藤良夫は目に涙を浮かべている。

「四十を過ぎて、こんなご褒美がもらえるなんて」

「わたしをありがたがる男がこの世にいるとはねえ」

その子は感慨深げだ。

「一緒に映画を見に行ったり、ランチに行ったりしようって、言ってくれるんです」

「ラブラブですね」と亜子は言う。

「いえいえ、おかあさんが、ですよ。挨拶に行った時にビビビときたんです。うまくいきそうって。元気なおかあさんで、根暗なわたしをあちこち引っ張り出してくれそうです。母を介護した経験が活かせる日が来るかもしれませんが、当分はこちらが面倒を見てもらうことになるでしょうね。同居はこちらから申し出ました。家が理想的なんですよ。キッチンが広くて、庭もある。思い描いていた終の住処にぴったりなんです。猫も受け入れてもらえて、名前もおかあさんがつけてくれました。三毛猫にはミケ、黒猫にはクロ。シンプルかつクラシカルで素敵な名前でしょう?」

すでに二〇二号室の荷物は搬出し終え、今日から佐藤家で暮らすという。

その子はサバサバとした顔で言う。

「お互いに四十過ぎて、愛だの恋だのっていうんじゃありません。ライフプランにぴったり合ったお相手ということです」

「じゃあ、片思いですね、わたしの」と佐藤良夫は肩をすくめた。

「片思いで結婚できるなんてラッキーだ。もう籍を入れたので、逃げられませんよ、その子さん」

真面目な佐藤が軽口を叩いていることに、亜子は驚いた。

潜在していた明るさが、互いに引き出されている。人は、相手との関係でいかようにも変わるのだ。

会員のお相手を会員の中から選ぶのではなく、もっと広い視野で出会いを提供してゆくべきかもしれないと亜子は思った。企画をまとめたら、会社に提言してみよう。

三毛猫は出産したばかりで、二〇二号室の押し入れで子育てに励んでいる。今は動かさないほうがよいので、しばらくアパートであずかることになった。

「時々見に来ます」とその子は言う。

「子猫の里親を探しておきますね」と亜子は微笑んだ。

亜子の横に立っている春美はムスッとしたままで、「おめでとう」を言わない。去ってゆくふたりを手も振らずに見送った。

「地域猫がどうのこうのと言ってたくせに、男ができたらこれですからね」

春美はご機嫌斜めだ。

アパートに猫を置いていかれたことに不満を持っている。空室ができたら、すぐに畳を張り替え、新規入居者を募りたいのに、三毛猫の育児が済むまで、待たねばならない。

「あら、春美ちゃんだって起業を夢見ていたのに、赤坂くんと結婚したらさっさと専業主婦になっちゃうし、もうすぐおかあさんじゃないの」

「起業は諦めてはいませんよ。母になることと、職業の選択は別物です」

亜子と春美は家具がなくなった二〇二号室へ入り、押し入れの隙間からミケの様子を覗いた。低い段ボール箱の底にやわらかな毛布を敷いた猫ベッドがあり、そこにミケと赤ちゃん五匹が眠っている。ミケは時々目を覚まし、赤ちゃんを順番に舐める。

「この猫ベッド、猫弁が作ったんですか？」

「そうよ、百瀬さん、あるものを利用するのが得意なの」

「もたざるものの苦肉の策ですね。亜子先輩の部屋にあるキッチンの棚。あれも猫弁が作ったんですか？」

「ええ、あれは廃材を使ってキッチン用品を収納できるようにって」

「生きるのは不器用なのに、手先は器用なんですね」

亜子はくすっと笑った。

「わたし、幸せよ。人からはどう見えるかわからないけど、わたしは自分の選択に満足してる」

「全然悩みとかないんですか？　喧嘩とかもなし？」

「百瀬さんと喧嘩できる人、いるかしら」

「まあ、できませんよね。あっちは怒らないんだもん。でもスーパームーンは一緒に見たかったでしょ？」

「直ちゃんや春美ちゃんと三人で見られて、楽しかった」

「どこまでも優等生な回答。いつまで続くやら」

春美は口を尖らせた。

ピンポーン、と呼び鈴が鳴り、身軽な亜子が立ち上がった。その子が忘れ物でもしたのかしらと思い、玄関ドアを開ける。

ドアの前には見知らぬ女性が立っていた。すらりとした妙齢の女性で、会ったことがあるような、ないような。賢夫人というたたずまいのその女性は、首を伸ばして部屋を覗き込み、「いた」とつぶやくと、ずかずかと室内に入ってきた。

「春美さんっ」

女性は春美を睨みつけた。

春美はびっくりした顔で「おかあさん」とつぶやいた。

亜子は驚いた。

ひょっとして、赤坂隼人の母親？　そういえば背筋がまっすぐで、赤坂隼人に似ている！

「あなた何をしているの？　こんなところで」

赤坂の母は静かながらも追い詰めるような口吻《くちぶり》だ。

春美は膨らみ始めたお腹をかばうようにしてゆっくりと立ち上がると、「住んでいるんです」とつぶやく。

「隼人から聞きました。おめでたですって？」

姑の言葉に、春美は舌打ちをした。

「隼人のやつ、内緒って言ったのに」

「ばかを言うんじゃありません」

　赤坂の母は厳しい口調だ。

「あなたのお腹にいる子はあなただけの子じゃありません。隼人の子だし、わたしの孫だし、みんなの命ですよ。内緒にするとか勝手に産むとか、そういう身勝手は許しません。たしかな病院でしっかりと検査をし、命を守らねばなりません」

「おおげさ」と春美はつぶやいた。

　赤坂の母の目がきらりと光った。

「命におおげさもなにもありません。わたしは隼人を産む前に流産を経験しています。今でもその時の辛さは忘れられません。わたしもあなたみたいでしたよ。お産を甘く見ていました」

「おかあさん」

「いいですか、これは隼人の意向でもあるのです。心配だからわたしに連絡したのです。お産はひとりで抱えこむ問題ではありません。あと半年したら、あなたにもわかる。出産の時は大勢の人のお世話になるし、産後はホルモンバランスが崩れて、ブルーにもなる。ブルーな時に赤ちゃんとふたりきりになっちゃいけません。みんなで育てるべきです。うちにいらっしゃい。お里のご両親にも連絡しました。たいそう喜んでいらして、収穫が終わったら、あなたの顔を見に来るとおっしゃっていますよ。ご両親とゆっくりできるよう、隼人の部屋を片付けてゲストルームにします。というか、もうそうしてあるの。来て見てごらんなさいな。あなたのベッドも用意しました」

春美は圧倒されたように、立ちすくんでいる。

亜子は「似ている」と思った。隼人にではなく、春美にである。先走ってどんどん決めて周囲を引きずり込むところ。悪意はなくて、「よかれ」という意識で動くから、迷いがないのだ。ひょっとして隼人は春美の中に自分の母を見て、惹かれたのかもしれない。

亜子はそっと部屋を出た。そして春美の部屋へ行き、財布やスマホなど所持品をまとめると、二〇二号室へ戻り、春美に渡した。

「よかったね、春美ちゃん」

春美はばつの悪そうな顔で、でもどこかほっとしたように、ちろっと舌を出した。

亜子はタクシーを呼び、ふたりを見送った。

亜子が春美の部屋を片付けていると、ピンポーンと呼び鈴が鳴った。玄関ドアを開けると、百瀬がＢ４サイズの茶封筒を抱えて立っている。

外はもう暗くなっていた。

「おかえりなさい」と声をかけると、百瀬はなんとも言えない顔をした。「おかえり」と言うたびに、そのような顔をするのである。そして小さな声ではにかむように「ただいま帰りました」とささやく。

春美が出て行った経緯を伝えると、「それは喜ばしいことですね」と百瀬は言った。

ふたりは春美が散らかして行った部屋を片付けた。正水直が甲府へ戻ってから、部屋は散らかり放題であった。春美は料理は上手だが、整頓は苦手のようだ。

「青木さんも出ていかれたし、この部屋も空き部屋になっちゃった。寂しいですね」

亜子は春美に貸したパジャマを畳みながらため息をついた。

百瀬は困った顔をした。

「春美さんの希望で、アパートの名前を変更する手続きを進行中なのですが」

「その書類がそうですか」

「ええ、今日名前を決定するから、書類をもってきてくれと言われて」

「まあ、春美ちゃんたら。大家代行なら、書類を整えたり、提出するのも自分でやらなくちゃいけないのに、百瀬さんを顎で使って！」

春美らしいと思いながらも、亜子は苦笑した。畳の隅にメモ用紙が落ちていて、拾って見ると、えんぴつで「春美荘」と書いてある。亜子は呆れた。

「時代を先取りしたかっこいい名前にすると言ってたのに」

百瀬はメモを見て微笑んだ。

「さりげなくて、あたたかくて、いい名前じゃないですか」

「春美ちゃんがいないのに、春美荘にするんですか？」

「大家代行を降りるとご本人がおっしゃるまでは、どこに住んでいても、大家代行ですよ。部屋の整理はおいおいやるとして、大福さん、今夜はうちでご飯を召し上がりませんか？」

「百瀬さんの部屋で？」

「ええ、直さんのこと、本当にありがとうございました。簡単なものしか作れませんが、ご馳走させてください」


「四十分くらいしたら、いらしてください」と言われたので、亜子は畳の拭き掃除を終えてから、百瀬の部屋を訪れた。このアパートに越してきて、バタバタしっぱなしで、百瀬の部屋へ入るのは初めてのことである。

このアパートに今夜はわたしたちふたりきりなのだ。沸き立つ思いが亜子にはあった。

「お邪魔します」

ドアを開ける前から、よい匂いが漂っていた。テヌーは先にごはんをもらって食べている。亜子は実家に帰ったように、リラックスした気持ちになれた。丸い座卓には豚のしょうが焼きと大根の味噌汁が湯気を立てており、ポテトサラダ、里芋の煮付けが並んでいる。

「これ、全部百瀬さんが？」

「はい」

百瀬はワイシャツを腕まくりしており、慣れた手つきで茶碗にご飯をよそっている。なんと、夫婦茶碗である。

「茶碗くらい夫婦になりなさいと七重さんがくれたんです」

百瀬ははにかみながら言った。

いただきますをして箸をつけると、亜子は言葉を失った。

百瀬は心配そうな顔で「お口に合いませんか？」と尋ねた。

「おいしい」

どれもこれもおいし過ぎて、亜子はショックを受けているのだ。

アパートに越してくる前、亜子は張り切っていた。

朝と夜、料理をして部屋に百瀬を呼ぼうと。

ところが春美と正水直がアパートに転がり込んできて、その夢はいったん封印した。仕事の帰りに三人分の食材を購入して届け、春美と直が料理をしてくれて、三人で食べた。

ふたりとも慣れたように料理をこなした。

「女はみな料理が得意なのだ」と思い知らされた。が、今日の百瀬の手料理のうまさには、ノックアウトされてしまった。

専業主婦歴の長い亜子の母と同レベルの腕前なのである。有り合わせで短時間に作ったにもかかわらず、だ。

百瀬は言った。

「夜は早く帰れませんが、この味でよかったら、毎朝、わたしがごはんを作ります」

亜子は箸を置いた。

「それでは、わたしがしてあげることがありません」

「それはもう、じゅうぶんしてもらっていますので」

百瀬も箸を置き、居住まいを正して言った。

「アパートに来てくださって、ありがとうございます。ちゃんとお礼を言っていませんでした。そばにいてくださるだけで、おかえりなさいを言ってくださるだけで、わたしは幸せなんです」

百瀬は微笑む。幸せチャンピオン、という顔で。

亜子は胸がいっぱいになった。思いがあふれて、百瀬の手を握りしめた。その時だ。

ピンポーン、と呼び鈴が鳴った。

亜子はハッとして手を引っ込めた。百瀬が立ち上がり、玄関ドアを開けた。

そこには意外な人物がいた。

甲府へ戻ったはずの正水直が、リュックを背負って立っているのだ。

「二〇四号室が閉まってて」

直は途方に暮れた顔をしている。

「どうしてここに?」

「春美さんには伝えてあったんですけど、聞いてませんか?」

三人でご飯を食べながら直の話を聞いた。

「わたし、弁護士を目指すことに決めたんです。母と話し合って、東京で受験勉強しながら法学部を目指そうと。春美さんは、受験まで同居していいって言ってくれました。子育てを手伝うことを条件に、いさせてくれるって。このアパートから予備校に通い、アルバイトしながらがんばろうと思って」

亜子は呆れた。

「春美ちゃんたら、そんな大事なことを言い忘れて」

直は分厚い封筒を百瀬に差し出すと、「母から、百瀬先生にって」と言った。

百瀬はその場で封筒を開け、手紙を読み始めた。

亜子は直にあたたかい味噌汁をよそい、食事を続けた。どれもこれもしゃくにさわるくらい、美味である。

亜子は百瀬が手紙を読んでいる間にお茶を淹れた。おいしい日本茶を淹れる。これだけは母に叩き込まれ、及第点《きゅうだいてん》をもらっている。

手紙を読み終えた百瀬は、言った。

「わかりました。春美さんはご主人の実家で暮らすことになりましたが、直さんはこのアパートで一年間、受験勉強をしてください。アルバイトは一緒に探しましょう。部屋代は大家代行の春美さんに掛け合い、とことん値切りましょう」

直はほっとした顔で、「ごちそうさまでした。おいしかったです」と頭を下げた。

「眠くて」と直が言ったので、亜子が二〇四号室まで直を送った。直が気を使ってくれたのだと亜子は察した。

「おやすみ、明日からまた一緒に朝ごはん食べようね」

直と笑顔で別れると、亜子は再び百瀬の部屋に戻った。

「お茶、おいしかったです」と百瀬は言った。

「お粗末様でした」と亜子は言い、「お茶碗は洗わせてくださいね」と流しで腕まくりをした。

亜子が洗い、百瀬が布巾で拭いた。

ふたりきりだったのは一瞬だったなあと亜子は思った。

あとで隣室のミケの様子を見に行かなくてはいけないし、朝は直と三人で朝食だ。三人で交代で作ることになるだろう。たぶんわたしが一番下手だろう。そういう人がいてもいいと、亜子はすとんと納得がいった。『今月のナイスさん』になるのはそう難しいことではないのに、目玉焼きをちょうどよい塩梅《あんばい》に焼き上げることは難しい。「よい妻でありよいおかあさん」になるのが夢だったけれど、自分は外で働く方が向いているのかもしれないと亜子は思い始めていた。

春美と亜子は夢を交換したような道を歩き始めている。

「直ちゃんのおかあさんの手紙、ずいぶんと長いですね」

「はい」

「何かいいこと書いてありました？」

「ええ、まず、娘さんを無事返してくれて感謝している、と。大福さんにも感謝を伝えてほしいと書いてありました。その感謝の言葉が手紙の五分の三ほどを占めていました。やはり娘さんが大切なんですね。ゆびきりするくらいですから」

「ゆびきり？」

亜子は水を止め、百瀬を睨んだ。

「ゆびきりって何ですか？」

「え？」

「誰と誰がゆびきりをしたんですか」

「わたしと……」

「百瀬さんと？」

「あの」

「直さんのおかあさんとゆびきりをしたんですか？」

「はあ」

百瀬の顔に緊張が走る。

「どういう経緯でゆびきりをすることになったか、説明してください」

百瀬は顔を引きつらせて説明を始めた。

「甲府のバスターミナルで」

「バスターミナルで？」

「娘さんを無事にお返しします、約束します、と言ったら」

「言ったら？」

「直をよろしくお願いしますとおっしゃって、こう、小指を突き出して、ゆびきりしてください」

「ゆびきりしてくださいと言われたんですね」

「はい」

「言ったんじゃなくて、言われたんですね」

「もちろんです」

「その時どう思いました？」

「びっくりしました。ゆびきりなんて」

「したことがない？」

「いいえ」

「したことがある？」

「はい、小学生の時に一度しました」

「小学生の時もしたんですか」

「しました」

「男の子と？」

「女の子とです」

「女のやりそうなことですね」

亜子の声は皮肉の色を帯び、厳しさを増す。

「その時もしてくれと言われたんですか」

「はい」

「してくれと言われたらするんですか？」

「してくれと言われなければしないという意味では、そうです」

「じゃあ、キスしてくれと言われたら、誰とでもするんですか」

百瀬は首を左右に振った。

「しません。それは絶対。大福さん以外の方とは」

「それで？」

「それでといいますと？」

「手紙の五分の二ですよ」

ああ、と百瀬はほっと胸をなでおろした。

「直さんと一緒にご主人の面会に行ったそうです」

「それはよかったですね」

「はい、とてもおだやかな気持ちで会えて、心がリセットされたと書いてありました」

亜子は正水家の幸福を心から喜んだ。

「そこでひとつお願いがあるのですが」と百瀬は言った。

「なんでしょう」

「金沢に一緒に行っていただけますか？」

亜子はハッとして百瀬を見つめた。

なぜ行こうとしないのだろうと、ずっと不思議であった。仕事が忙しいのだろうが、日帰りでも行ける距離である。

「まだおかあさんに会ってないんですか？」

百瀬は「はい」と目を落とした。

「一度も？」

「はい」

「どうして……」

「怖いのです」

「怖い？」

「なんとなく怖くて。でも今日、七重さんに背中を押されて」

「七重さん、なんと言ってました？」

「文句があるなら言ってこいって」

亜子はぷっと吹き出し、あははと笑った。

「七重さんらしい。でも、それはないですよ」

百瀬はぽかんとした顔をしている。

「百瀬さんの口から文句など出るわけがありません」

「…………」

「ないものは出せません！」

亜子は確信を持っている。

「百瀬さんは歩く清浄機。いかなるものも受け入れ、浄化してしまうんです。百瀬さんの心の奥に恨みなどかけらもないし、おかあさんとはおだやかに話せます」

亜子は小指をピンと掲げた。

「金沢へ行きましょう、こんどのお休みにふたりで」

百瀬はうなずき、神妙な顔で亜子の小指に指をからめた。

本書は書き下ろしです

大山淳子（おおやま・じゅんこ）
東京都出身。2006年、『三日月夜話』で城戸賞入選。2008年、『通夜女《つやめ》』で函館港イルミナシオン映画祭シナリオ大賞グランプリ。2011年、『猫弁　死体の身代金』でTBS・講談社第３回ドラマ原作大賞を受賞しデビュー。「猫弁」シリーズの第１シーズンとして『猫弁　天才百瀬とやっかいな依頼人たち』『猫弁と透明人間』『猫弁と指輪物語』『猫弁と少女探偵』『猫弁と魔女裁判』がある。2018年、『赤い靴』が第21回大藪春彦賞候補となる。他著に『あずかりやさん』『イーヨくんの結婚生活』など。

猫弁《ねこべん》と星《ほし》の王子《おうじ》

第一刷発行　二〇二〇年九月一四日

著者　大山《おおやま》　淳子《じゅんこ》

発行者　渡瀬昌彦

発行所　株式会社　講談社
〒112-8001東京都文京区音羽二―一二―二一
電話　出版　〇三―五三九五―三五〇五
　　　販売　〇三―五三九五―五八一七
　　　業務　〇三―五三九五―三六一五

本文データ制作　講談社デジタル製作

印刷所　豊国印刷株式会社

製本所　株式会社国宝社

定価はカバーに表示してあります。

Printed in Japan　ISBN978-4-06-520012-4

N.D.C. 913　302p　19cm

2025年版

みんなが欲しかった!

社会福祉士の教科書

共通科目編

TAC社会福祉士
受験対策研究会

TAC出版
TAC PUBLISHING Group